Read the
JOURNAL

ヘンリーくんと新聞配達

ベバリイ・クリアリー作
松岡享子 訳
ルイス・ダーリング 絵

学研

HENRY AND THE PAPER ROUTE

ヘンリーくんと新聞配達

ベバリイ・クリアリー作

松岡享子訳

ルイス・ダーリング絵

ヘンリーくんと新聞配達《しんぶんはいたつ》

もくじ

HENRY AND THE PAPER ROUTE
by Beverly Cleary

Interior illustrations by Louis Darling
Published by arrangement with
Harper Collins Children's Books,
a division of Harper Collins Publishers,Inc.,New York
through Tuttle-Mori Agency,Inc.,Tokyo

表紙デザイン・山口はるみ

1 ヘンリーのほりだしもの

ある金曜日《きんようび》の午後《ごご》、ヘンリー・ハギンズは、クリッキタット通《どお》りにある白《しろ》い自分《じぶん》の家《いえ》の、玄関《げんかん》の段《だん》だんにすわっていました。足《あし》もとには、ヘンリーの犬《いぬ》アバラーが寝《ね》そべっていました。

ヘンリーは、中《なか》がどうなっているか見《み》ようと思《おも》って、古《ふる》いゴルフボールの皮《かわ》をせっせとむしっていました。べつにおもしろいことではありませんでしたが、やっていれ

ば、気《き》がまぎれます。そのうちに、何《なに》かもっとましなことを思《おも》いつくでしょう。ヘンリーがほんとうにしたいのは、何《なに》かかわったことでした。どういうふうにかわったことかときかれれば、自分《じぶん》でもよくわかりませんでしたけれども。

「こんにちは、ヘンリー。」

ヘンリーが、かたいゴルフボールの皮《かわ》をむしりとったとたん、女《おんな》の子《こ》の声《こえ》がしました。それは、ビアトリス――みんなのよびかたにしたがえば、ビーザス――でした。いつものことながら、ビーザスのあとには、妹《いもうと》のラモーナがくっついていました。ラモーナは、歩《ほ》道《どう》の上《うえ》を、ぴょんぴょんとんだり、スキップしたりしながら、こっちへやってきました。そして、木《き》のところまで来《く》ると、木《き》のかげの中《なか》に入《はい》り、それから急《きゅう》に、ぽんとそこからとびだしました。

「やあ、ビーザス。」ヘンリーは、ビーザスなら、何《なに》かおもしろいことを考《かんが》えてくれるかもしれないと、期待《きたい》をこめていいました。ビーザスは、女《おんな》の子《こ》のなかでは、おもしろいことを思《おも》いつくのが、なかなかうまいほうなのです。

「何《なに》やってるんだい？」ヘンリーは、二人《ふたり》が、自分《じぶん》の家《いえ》の前《まえ》までやってくるのを待《ま》ってききました。ビーザスは、手《て》に、赤《あか》い毛糸《けいと》の玉《たま》を持《も》っていました。

「おかあさんのおつかいで、お店《みせ》に行《い》くの」と、ビーザスは、指《ゆび》でせっせと毛糸《けいと》を動《うご》かしながらいいました。

「その、手《て》に持《も》ってんの何《なに》かって、きいてるんだよ」と、ヘンリーはいいました。

「糸《いと》まきで編《あ》みものしてるのよ」と、ビーザスはこたえました。「糸《いと》まきのかた一方《いっぽう》のはしに、くぎを四本《ほんう》打《う》ちつけてね、かぎ針《ばり》で、糸《いと》をこういうふうにかけて、ね。」

ビーザスは、器用《きよう》に毛糸《けいと》をひきぬいては、糸《いと》まきから出《で》ているくぎにひっかけてみせました。

「けど、それやったら、何《なに》ができるんだよ?」と、ヘンリーはききました。

「長《なが》いひもができるの。」

ビーザスは、糸《いと》まきを持《も》ちあげて、まん中《なか》の穴《あな》から、赤《あか》い毛糸《けいと》のひもが、しっぽのように出《で》ているのを見《み》せました。

「けど、それ、何《なに》に使《つか》うんだよ?」と、ヘンリーは、重《かさ》ねてききました。

「わからないわ」と、ビーザスは、手《て》に持《も》ったかぎ針《ばり》を、とぶように動《うご》かしながらいいました。「でも、やってるとおもしろいんですもの。」

ラモーナは、からだをちぢめて、電柱《でんちゅう》のかげにかくれました。そして、そこから、パッととびだすと、急《いそ》いで後《うし》ろをふりかえって見《み》ました。

「なんで、あんなことばかりやっているんだい?」と、ヘンリーは、ふしぎそうにききました。

ゴルフボールの外《そと》がわが、大《おお》きくめくれて、今《いま》は、しんに近《ちか》づいているところでした。

「かげがついてこられないようにしてんのよ」と、ビーザスはいいました。「あたしが、そんなことできっこないといってるのに、それでも、まだやるの。お

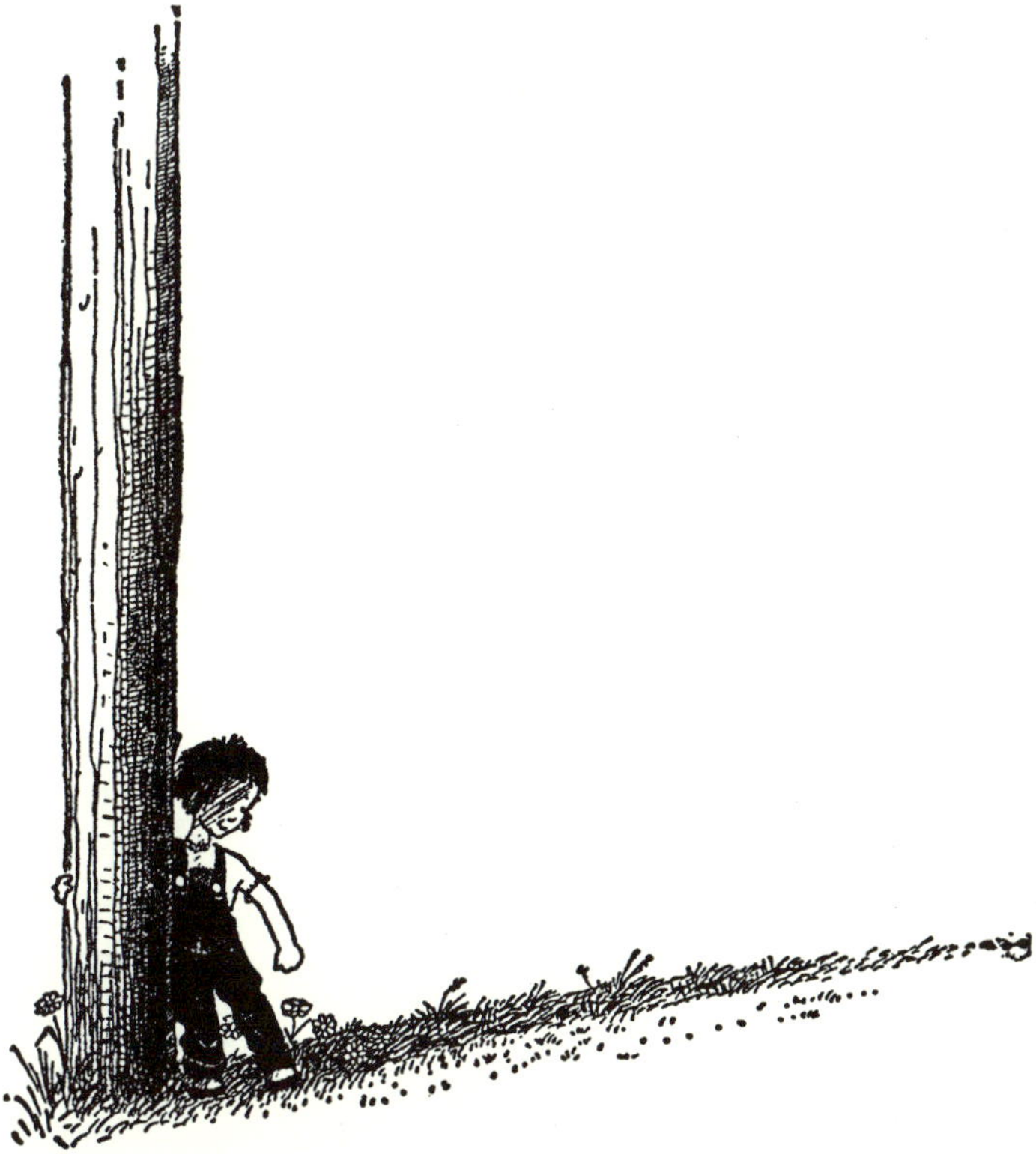

かあさんが、『見《み》えたりかくれたり、いつもわたしについてくるかげよ。いったいおまえが、なんの役《やく》にたっているのか、わたしには、さっぱりわからない』っていう詩《し》を、ラモーナに読《よ》んでやったの。そしたら、かげに、あとついてこさせないようにしようと思《おも》ったらしいの。」

ビーザスは、妹《いもうと》のほうを見《み》ました。

「いらっしゃい、ラモーナ。おかあさんが、ぐずぐずしちゃいけない、っていったでしょ。」

「へっ、あきれた。」

女《おんな》の子《こ》たちが行《い》ってしまうと、ヘンリーはつぶやきました。

なんの役《やく》にもたたない、長《なが》い赤《あか》いしっぽを編《あ》む。かげをふりすてようとする。まったく、女《おんな》の子《こ》のすることときたら！　ばかみたい。そう思《おも》いながら、ヘンリーは、ふと自分《じぶん》の手《て》の中《なか》の、ぼろぼろになったゴルフボールに、目《め》をとめました。ばかみたいといえば、自分《じぶん》のしていることだって、女《おんな》の子《こ》のしていることと、かわりありません。そう思《おも》うと、すっかりいやけがさして、ヘンリーは、そのゴルフボールをポーンと芝生《しばふ》の上《うえ》にほうりなげました。

段《だん》だんのいちばん下《した》に、からだを丸《まる》めて寝《ね》ていたアバラーは、立《た》ちあがって、ゴルフボールを調《しら》べにいきました。そして、ボールを口《くち》にくわえると、トコトコと車庫《しゃこ》の前《まえ》まで行《い》き、道《みち》の上《うえ》にボールを落《お》としました。車庫《しゃこ》から、表《おもて》の通《とお》りまでは、少《すこ》し坂《さか》になっているので、ボールはころころ転《ころ》がりました。アバラーは、それをじっと見《み》ていて、ボールが通《とお》りへ転《ころ》がりでる寸前《すんぜん》に、走《はし》っていってボールをくわえました。それから、トコトコもどってきて、また車庫《しゃこ》の前《まえ》でボールを落《お》としました。

ヘンリーは、アバラーが、そうやってゴルフボールで遊《あそ》ぶのをじっと見《み》ていました。そして、きょうは、だれもかれも――自分《じぶん》の犬《いぬ》さえも――してもなんにもならないことにせいを出《だ》す日《ひ》なんだな、と思《おも》いました。ぼくがやりたいのは、何《なに》かもっとまともなこと、何《なに》かもっと値《ね》うちのあることなんだ。たとえば……、たとえば……そうだな、はっきりこれっていえないけど、でも、何《なに》かやりがいのあることなんだ。

「ほら、いくぞ、ヘンリー！」

ヘンリーの目《め》の前《まえ》の芝生《しばふ》の上《うえ》に、トンと音《おと》をたてて、四《よ》つおりにした新聞《しんぶん》が落《お》ちてきました。

「ああ、スクーター！」ヘンリーは、話《はな》し相手《あいて》ができたのでうれしくなっていいました。たとえ、相手《あいて》がスクーター・マッカーシーであっても、です。

スクーターは、グレンウッド小学校《しょうがっこう》の七年生《ねんせい》（中学《ちゅうがく》一年生《ねんせい》）です。ヘンリーは、まだ五年生《ねんせい》にしかなっていません。とうぜん、スクーターは、ヘンリーの前《まえ》では、なにかとえらそうにふるまいます。今《いま》、ヘンリーの前《まえ》にいるスクーターは、自転車《じてんしゃ》に乗《の》って、かた方《ほう》の足《あし》を歩道《ほどう》につき、『ジャーナル』の入《はい》ったズックのふくろを、肩《かた》からさげていました。あんなにして、自転車《じてんしゃ》で通《とお》りを走《はし》りながら、右《みぎ》へ左《ひだり》へと新聞《しんぶん》をほうりなげて、それでお金《かね》がもらえるなんて、きっとずいぶんいい気分《きぶん》がするものだろうなあ、とヘンリーは思《おも》いました。

「ああそうだ。なあ、ヘンリー」と、スクーターはいいました。「キャパーさんが――キャパーさんっていうのは、この地区《ちく》の新聞配達員全員《しんぶんはいたついんぜんいん》の監督《かんとく》をしてる人《ひと》だけど――その人《ひと》が、配達員《はいたついん》を一人《ひとり》さがしてるんだ。おまえ、だれかやりたいって子《こ》、知《し》らないか？」

「知《し》ってるよ」と、ヘンリーは、身《み》をのりだしていいました。「ぼくさ。」

チャンス到来《とうらい》！　まさにねがっていたことが、目《め》の前《まえ》にあらわれたのです。新聞配《しんぶんはい》達《たつ》は、やりがいのあることです。『ジャーナル』を配《くば》ることこそ、自分《じぶん》がやりたかったことなんだ、とヘンリーは思《おも》いました。これなら、まともなことです。

スクーターは、ヘンリーを見《み》て考《かんが》えこみました。いまに、わらいとばそうっていうんだろう、とヘンリーは思《おも》いました。ぼくが何《なに》かいうと、いつもそうなんだから……。

ところが、おどろいたことに、今回《こんかい》はちがいました。スクーターは、わらいもひやかしもせず、まじめな顔《かお》で、「だめだよ。おまえはむりだよ」と、いったのです。

ヘンリーは、スクーターが、「おまえが新聞《しんぶん》を配達《はいたつ》する？　ハ！　ちゃんちゃらおかしくって」とかなんとかいってくれたほうが、まだよかった、と思《おも》いました。それなら、スクーターが、ただ口《くち》でそういってるだけだとわかります。

ところが、「だめだよ。おまえはむりだよ……」ということになると……そうです、スクーターのいうことは、ほんとうだということになります。

「ぼくが新聞配達《しんぶんはいたつ》したら、なんでわるいんだ？」と、ヘンリーは、口《くち》をとがらせてきました。「ぼくだって、おまえに負《ま》けないくらい、うまく新聞投《しんぶんな》げられるぜ。」

「うん、けど、だいいち年《とし》がたりないだろ」と、スクーターはいいました。「配達《はいたつ》は、十一にならないとだめなんだ。」

「ぼく、もうほとんど十一だよ」と、ヘンリーはいいました。「あと、二月《ふたつき》ほどしたら、誕生日《たんじょうび》だもの。二月《ふたつき》もしないうちだよ、ほんとだよ。もう感《かん》じとしちゃ十一だ。それに、おまえにやれるんなら、ぼくにだってできるさ。」

「うん、けど、十一になってないもんな。」

スクーターは、そういうと、ふくろから、もう一部《ぶ》『ジャーナル』をひっぱりだして、ペダルをふんで行《い》ってしまいました。

ヘンリーは、スクーターが、通《とお》りのずっと向《む》こうの家《いえ》の玄関《げんかん》に、なれた手《て》つきで手《て》首《くび》をひねって、ポンと新聞《しんぶん》をほうりなげるのを、じっと見《み》ていました。そうか、スクーターのやつ、ぼくが新聞配達《しんぶんはいたつ》できないと、本気《ほんき》で思《おも》っているんだな。ただじょうだんでいってるんではないんだな。

ヘンリーは、考《かんが》えはじめました。ようし、スクーターのやつに見《み》せてやるぞ、見《み》せてやるとも。そりゃ、スクーターは、ぼくより年上《としうえ》で、新聞配達《しんぶんはいたつ》をやってるかもしれないさ。けど、なんとかして、あいつと同《おな》じことをやってみせるぞ。そうだ、ノット通《どお》りのキャパーさんのところへ行《い》こう——前庭《まえにわ》にクリの木《き》のある家《いえ》だ。秋《あき》になると、男《おとこ》の子《こ》たちが、クリ投《な》げをして遊《あそ》ぶところだ——行《い》って、キャパーさんに、配達《はいたつ》させてくれってたのむんだ。すごくおとなぶって、てきぱきと事務的《じむてき》にふるまってみせるから、キャパーさんは、年《とし》をたずねることなんか考《かんが》えもしないさ。もし、万一《まんいち》たずねたとしても、もう十一になったも同然《どうぜん》だというからいい。とにかく、配達員《はいたついん》になる子《こ》をさがしてるんだから、きっと、人手《ひとで》がたりなくてこまっているにちがいない。なあんだ、もう仕事《しごと》はこっちのものといってもいいようなもんだ。配達員《はいたついん》になって、誕生日《たんじょうび》がくれれば、スクーターとおんなじだ。

このとき、ヘンリーは、キャパーさんが、スクーター以外《いがい》の男《おとこ》の子《こ》にも、だれか配達《はいたつ》をやりたがってる子《こ》はいないかと、たずねているかもしれないということに気《き》がつきました。となると、ほかの子《こ》にさきをこされないうちに、一刻《いっこく》も早《はや》くキャパーさんのところへ行《い》ったほうがよさそうです。

ヘンリーは、うちの中《なか》へとんで入《はい》り、手《て》を手首《てくび》のところまであらいました。それから、髪《かみ》にくしを入《い》れ、ベッドの柱《はしら》にかけてあったジャンパーをひっつかんで、それに手《て》を通《とお》しました。さいわい、おかあさんは、買《か》いものに出《で》かけてるすでした。おかげで、いちいち、おかあさんにわけを話《はな》して、新聞配達《しんぶんはいたつ》をしてもいいかどうか、きかなくてすみます。そんなことは、採用《さいよう》されたあとでやればいいのです。

ヘンリーは、自転車《じてんしゃ》のハンドルにつけていたアライグマのしっぽをはずしました。そんなものをつけていたのでは、事務的《じむてき》に見《み》えません。ヘンリーが、自転車《じてんしゃ》を車庫《しゃこ》からひきだし、表《おもて》の道《みち》へ出《で》ようとしたとき、とつぜんアバラーがとびだして、ヘンリーについて走《はし》りだしました。

「うちに帰《かえ》れ！」と、ヘンリーは命令《めいれい》しました。

アバラーは、その場《ば》にすわりました。そして、しっぽでセメントの歩道《ほどう》をタンタンとたたきながら、「行《い》ってもいいでしょう？」というように、ヘンリーを見《み》あげました。

「よし、いい子《こ》だ。そこにいろ。」

ヘンリーは、そういうと、ペダルをふんで、クリッキタット通《どお》りを走《はし》りはじめました。アバラーは、ぴょんぴょんはねながらついてきました。

鑑札《かんさつ》がガチャガチャ鳴《な》る音《おと》を聞《き》いて、ヘンリーは、肩《かた》ごしに後《うし》ろを見《み》ました。

「うちに帰《かえ》ってろったら。」

アバラーは、気《き》をわるくしたようでした。いつだって、ヘンリーの行《い》くところへはどこへでもついていっているのに、どうしてきょうだけいけないのか、わけがわからないようでした。ヘンリーは、ため息《いき》をつきました。

「ごめんよ。」

そういって、ヘンリーは、自転車《じてんしゃ》でうちまでもどりました。そして、自転車《じてんしゃ》からおりると、アバラーの首輪《くびわ》をつかんで、玄関《げんかん》の段《だん》だんをあがりました。

「いっしょにつれていってやりたいけど、これは、だいじなことなんだ。仕事《しごと》をたのみにいくのに、犬《いぬ》がついてきちゃこまるんだ。」

ヘンリーは、アバラーをドアから中《なか》におしこむと、くるっと回《まわ》れ右《みぎ》をして、段《だん》だんをかけおりました。後《うし》ろは見《み》ませんでした。アバラーが、窓《まど》じきいのところに前《まえ》あしをかけて、じっとこっちを見《み》ているのがわかっていたからです。

ヘンリーは、ジャンパーの前《まえ》のファスナーを、えりもとまでしめあげました。そのほうが、きちんとして見《み》えます。それから、ねんのため、もう一度《いちど》髪《かみ》の毛《け》をなでつけました。仕事《しごと》をたのみにいくときは、身《み》なりを整《ととの》えなければなりません。たとえ――時《じ》間《かん》さえ間《ま》にあえば――その仕事《しごと》が九分《くぶ》どおり自分《じぶん》のものだときまっていても、です。

ヘンリーは、キャパーさんの家《いえ》へ行《い》く道《みち》みち、おとならしくふるまうよう練習《れんしゅう》をしました。かた手《て》をハンドルからはなし、ポケットに入《い》れて、小銭《こぜに》をジャラジャラ鳴《な》らしてみました。しゃんと背《せ》すじをのばして、背《せ》が高《たか》く見《み》えるようにしました。それから、キャパーさんに、なんと話《はな》しかけたものか考《かんが》えました。

「こんにちは。」ヘンリーは、電柱《でんちゅう》に向《む》かって、ていねいにいいました。「ぼく、ヘンリー・ハギンズといいます。こちらで、新《しん》聞配達《ぶんはいたつ》の男《おとこ》の子《こ》をさがしていると聞《き》いたもんですから。」

いや、これでは、もうひとつうまくない。ヘンリーは、自転車《じてんしゃ》からおりて、道《みち》のわきにあったゆうびん受《う》けに向《む》かって話《はな》しかけました。

「ごめんください。失礼《しつれい》します。ぼくは、ヘンリー・ハギンズと申《もう》します。こちらで、新聞配達《しんぶんはいたつ》の男《おとこ》の子《こ》をさがしていらっしゃると聞《き》きましたが。」

このほうがいい。

それから、ヘンリーは、四、五人《にん》の男《おとこ》の子《こ》を前《まえ》にしているつもりで、話《はな》しかけました。

「わるいな。」ヘンリーは、てきぱきした、事務的《じむてき》ないいかたでいいました。「今《いま》は、きみらと、野球《やきゅう》なんかしていられないんだ。配達《はいたつ》に出《で》かける時間《じかん》なんでね。」

そうです。これこそ、キャパーさんをたずねていったあと、ヘンリーが口《くち》にすることばです。「配達《はいたつ》に」と、ヘンリーは、もう一度《いちど》自分《じぶん》にいってみました。そのことばを口《くち》にしただけで、気分《きぶん》がはればれしました。

お店《みせ》や事務所《じむしょ》がならんでいる通《とお》りを走《はし》りぬけながら、ヘンリーは、花園理髪店《はなぞのりはつてん》や、勉強堂薬局《べんきょうどうやっきょく》のウィンドウにうつる自分《じぶん》のすがたをちらっと見《み》て、満足《まんぞく》しました。いかにもさっそうとして事務的《じむてき》――それが、自分《じぶん》、ヘンリー・ハギンズでした。これなら、キャパーさんに、何《なに》しにきたのか、いわなくてもいいかもしれません。キャパーさんのほうで、ひと目《め》で、たちまち、これなら配達《はいたつ》をまかせられると見《み》てとるにきまっています。

「おわかいの、仕事《しごと》さがしかね?」ヘンリーがドアをあけるなり、キャパーさんのほうから、こう話《はな》しかけてくれるかもしれません。もしかしたら、キャパーさんは、ヘンリーに配達《はいたつ》をさせようと、いっしょうけんめい話《はな》しつづけ、ヘンリーのほうでは、「しょうちしました。おひきうけいたしましょう」とだけいえば、それですむかもしれません。ヘンリーの目《め》には、早《はや》、自分《じぶん》が、自転車《じてんしゃ》に乗《の》って、通《とお》りを走《はし》りながら、ねらいあやまたず、右《みぎ》に左《ひだり》に新聞《しんぶん》を投《な》げていくようすが見《み》えてきました。ポーチに新聞《しんぶん》を投《な》げそこねて、自転車《じてんしゃ》からおりて、玄関《げんかん》の植《う》えこみの間《あいだ》をごそごそさがすというような、みっともないまねは、このヘンリー・ハギンズなら、けっしてしません。するもんですか。

それに、そうやってかせいだお金《かね》で買《か》える、いろいろな品物《しなもの》！　コレクションにする切手《きって》。懐中電灯《かいちゅうでんとう》。懐中電灯《かいちゅうでんとう》は二本《ほん》――一本《ぽん》は自転車用《じてんしゃよう》で、一本《ぽん》は自分《じぶん》のへやにおいておく。いつかスポーツ用品店《ようひんてん》で見《み》ていいなあと思《おも》った、ほんものの寝《ね》ぶくろだって買《か》えるかもしれません。そしたら、友《とも》だちのロバートをよんで、裏庭《うらにわ》で、キャンプをするのです。ファスナーでしめる式《しき》のほんものの寝《ね》ぶくろで寝《ね》るほうが、おかあさんがつくってくれた、古《ふる》い毛布《もうふ》を安全《あんぜん》ピンでとめたもので寝《ね》るより、どんなにいいかわかりません。

ちょうどこのとき、ヘンリーは、あき地《ち》にさしかかりました。あき地《ち》では、不用品《ふようひん》市《いち》が開《ひら》かれていました。

ヘンリーは、不用品市《ふようひんいち》のことなら、万事《ばんじ》よく知《し》っています。というのは、去年《きょねん》、おかあさんの行《い》っている婦人《ふじん》クラブが、不用品市《ふようひんいち》を開《ひら》いたとき、おかあさんが、その世《せ》話係《わがかり》をしたからです。クラブの会員《かいいん》のおおぜいの女《おんな》の人《ひと》が、自分《じぶん》のうちのおし入《い》れや、地下室《ちかしつ》や、屋根裏《やねうら》べやや、車庫《しゃこ》にあった、古《ふる》いがらくたを全部《ぜんぶ》集《あつ》めて、それを男《おとこ》の人《ひと》が二人《ふたり》ほどで、トラックにのせてあき地《ち》へもっていき、おりたたみ式《しき》のテーブルの上《うえ》にひろげました。そして、そのがらくた――みんなは不用品《ふようひん》といっていましたが――を、すごく安《やす》い値《ね》で売《う》ったのです。そして、そのお金《かね》で、テレビを買《か》って、どこかの病院《びょういん》におくりました。

ヘンリーは、古《ふる》いがらくたがすきなので、おかあさんが、不用品市《ふようひんいち》の世話《せわ》をしたときは、自分《じぶん》もけっこうたのしみました。でも、自分《じぶん》のうちの古《ふる》いお皿《さら》や、電気《でんき》スタンドのかさや、ベビーカーなどがもっていかれて売《う》りに出《だ》されたのは、残念《ざんねん》な気《き》がしました。とくに、二《ふた》つ組《く》みになった古《ふる》いせんたくおけを手《て》ばなすのは、おしくてたまりませんでした。だって、いつか、何《なに》かするときに、役《やく》にたつと思《おも》ったからです――じゃ、何《なに》かときかれればこまりますが。けれども、おかあさんは、ヘンリーが、その古《ふる》いせんたくおけを、自分《じぶん》のへやにおいておくのはいけない、ときっぱりいいました。かといって車庫《しゃこ》におくのも、だめだというのです。

そんなわけで、急《いそ》いではいたものの、ヘンリーは足《あし》を止《と》めて、このあき地《ち》のがらくたが、おかあさんの集《あつ》めた不用品《ふようひん》とくらべてどうか、見《み》ないではいられませんでした。

そこで、電柱《でんちゅう》に自転車《じてんしゃ》をもたせかけ、見物《けんぶつ》の人《ひと》ごみにくわわりました。

あき地《ち》のすみの、かん板《ばん》が二まいほど立《た》っているところの下《した》には、古着《ふるぎ》がぶらさがっていました。その近《ちか》くは、家具部門《かぐぶもん》で、旧式《きゅうしき》の冷蔵庫《れいぞうこ》や、あしが三本《ぼん》しかないいすや、ばねのとびだしたソファーなどがおいてありました。板《いた》のテーブルの上《うえ》には、ありとあらゆるがらくたがのっていました。なかなかいいがらくただ、と、ヘンリーは思《おも》いました。

それから、ヘンリーは、古《ふる》いせんぷう機《き》の前《まえ》で、足《あし》を止《と》めました。せんぷう機《き》を使《つか》えば——もし、それが動《うご》くとすれば、なおのこと——いろんなことができます。今《いま》すぐ、何《なに》かといわれても思《おも》いうかびませんが、それでも、いろんなことができるにちがいありません。

「そのせんぷう機《き》、いくらですか？」ヘンリーは、そこのテーブルの番《ばん》をしている女《おんな》の人《ひと》にきいてみました。

「二十五セント（約《やく》二十五円《えん》）よ」という返事《へんじ》が、返《かえ》ってきました。

問題《もんだい》は、どう考《かんが》えても、古《ふる》いせんぷう機《き》を持《も》ったまま、キャパーさんのところへ、仕事《しごと》をたのみにいくわけにはいかないということでした。そんなことをしたら、あまり事務的《じむてき》には見《み》えません。

「今《いま》、お金《かね》をはらったら、半時間《はんじかん》ほどして、ぼくが帰《かえ》ってくるまで、とっといてくれる？」と、ヘンリーはききました。

「わるいけど、ここは、五時半《じはん》でおしまいなの」と、その女《おんな》の人《ひと》はいいました。「五時半《じはん》になったら、廃品回収《はいひんかいしゅう》の人《ひと》が来《き》て、のこったものは、みんな買《か》って、もっていってしまうの。」

「そう。」
ヘンリーは、がっかりしました。まあ、いいさ。新聞配達《しんぶんはいたつ》の仕事《しごと》のほうが、古《ふる》いせんぷう機《き》よりだいじだ。それに、配達員《はいたついん》になれたら、ほしければ新《あたら》しいせんぷう機《き》だって買《か》えるさ。
ヘンリーは、帰《かえ》りかけて、ふと、そばにあった箱《はこ》の中《なか》を見《み》ました。そしたら、どうでしょう。箱《はこ》のすみっこに、子《こ》ネコが四ひき——黒白《くろしろ》のと、ねずみ色《いろ》であしのところが白《しろ》いのと、茶色《ちゃいろ》と白《しろ》のしまのが二ひき——寝《ね》ているではありませんか。かわいそうに、子《こ》ネコは、とてもちっちゃくて、たよりなげに見《み》えました。しかし、これは、何《なに》かのまちがいにちがいありません。だって、子《こ》ネコは、がらくたではありません。

「この子《こ》ネコは、売《う》りものじゃないんでしょう?」と、ヘンリーは、そばにいた女《おんな》の人《ひと》にきいてみました。

「そうよ、売《う》りものよ」と、女《おんな》の人《ひと》は、明《あか》るい声《こえ》でこたえました。「一ぴき、十五セント。とてもいい子《こ》ネコよ。この子《こ》ネコのおばあさんは、毛《け》の長《なが》いりっぱなネコなの。」

ヘンリーは、こういうことは、がまんなりませんでした。子《こ》ネコは、まるで古《ふる》いやかんかなにかみたいに、不用品市《ふようひんいち》で売《う》ったりするべきではありません。

「もし、五時半《じはん》までにだれも買《か》わなかったら、廃品屋《はいひんや》さんがもっていくの?」と、ヘンリーは心配《しんぱい》になってききました。

ヘンリーは、子《こ》ネコのことで気《き》が動転《どうてん》して、自分《じぶん》が急《いそ》いでいることをわすれてしまいました。ちょっとの間《あいだ》、新聞配達《しんぶんはいたつ》をしたいということさえわすれました。

「いいえ、そんなことないわ」と、女《おんな》の人《ひと》はいいました。「だれかが、保健所《ほけんじょ》へもっていくんでしょう。」

まるで、子《こ》ネコなんかどうでもいい、というようないいかたでした。

黒《くろ》と白《しろ》の子《こ》ネコが、起《お》きあがって、ねずみ色《いろ》の目《め》をぱちくりさせました。ヘンリーは、そのやわらかい、ふわふわした頭《あたま》をなでてやらずにはいられませんでした。

子《こ》ネコは、あくびをしました。ちっちゃなピンクの舌《した》が見《み》えました。それから、その子《こ》ネコは、ほかの三びきの上《うえ》によじのぼって、そこで、まりのように丸《まる》くなって、またねむりました。

これを見《み》たヘンリーは、もうがまんできませんでした。

「保健所《ほけんじょ》なんかにもっていっちゃいけないよ」と、ヘンリーはいいました。

「わたしも、そう思《おも》うわ」と、女《おんな》の人《ひと》もいいました。「ねえ、こうするわ、もうそろそろお店《みせ》をしまう時間《じかん》だから、それ、一ぴき十五セントだけど、五セントにまけておくわ。」

子《こ》ネコが、一ぴき五セントだって！　すごい大安売《おおやすう》りです。ヘンリーは、黒白《くろしろ》の子《こ》ネコを、指《ゆび》一本《ぽん》でやさしくなでてやりながら、考《かんが》えました。もし、今買《いまか》えば、保健所《ほけんじょ》行《い》きから、四ひきをすくってやることになります。そのことのほうが、安《やす》いかどうかということよりだいじです。もちろん、おかあさんは、四ひき全部《ぜんぶ》うちにおかせてはくれないでしょう。でも、きっとそんなにむりをしなくても、もらってくれるうちが見《み》つかるにちがいありません。

このとき、ヘンリーは、新聞配達《しんぶんはいたつ》のことを思《おも》いだしました。キャパーさんに仕事《しごと》をたのみにいくのに、子《こ》ネコを入《い》れた箱《はこ》をかかえていくわけにはいきません。それは、事務的《じむてき》でないという点《てん》からいえば、古《ふる》いせんぷう機《き》を持《も》っていくよりまだひどいことです。しかも、ヘンリーは、どんなことがあっても、たとえ子《こ》ネコのためであっても、配達員《はいたついん》の口《くち》を棒《ぼう》にふる気《き》はありませんでした。

「そうだな……だめだな、やっぱりだめだ」と、ヘンリーは、女《おんな》の人《ひと》にいいました。「すごくかわいいけど。」

黒白《くろしろ》の子《こ》ネコは、からだを動《うご》かして、のこりの三びきのなかに、ぬくぬくともぐりこみました。だめだ、とヘンリーは自分《じぶん》にいいきかせました。手《て》は出《だ》さないぞ。たとえ、一ぴき五セントでも、買《か》わないぞ。配達員《はいたついん》になることがさきだ。

茶色《ちゃいろ》と白《しろ》のしまのうちの一ぴきが、ねむったままニャオとなきました。

「下《した》じきになっちゃってるよ。」

ヘンリーは、女《おんな》の人《ひと》にそういいながら、そのちっちゃなふわふわした毛《け》のかたまりを、ほかの子《こ》ネコの下《した》から、そうっとひきだしてやりました。一分《ぷん》でも長《なが》くいればいるほど、はなれられなくなってきます。

ヘンリーは、ポケットの中《なか》に手《て》をつっこんで、お金《かね》をいじくりました。今買《いまか》って、キャパーさんとこへ行《い》くとちゅう、どこかへおいておいて、帰《かえ》りに拾《ひろ》ってかえったらどうだろう？　いや、それはだめだ。犬《いぬ》にやられるかもしれないもの。こんなに小《ちい》さくちゃ、木《き》にものぼれない。とはいうものの、どうにかして助《たす》けてやらなくちゃ……。

ヘンリーは、いっしょうけんめい考《かんが》えました。そうだ、いいことがある！　ぼくのジャンパーだ。ジャンパーなら、中《なか》はぶかぶかだし、こしのところはゴム編《あ》みできっちりしまっているし、それに、きれでできているから、空気《くうき》も通《とお》る。中《なか》に、ねむっている子《こ》ネコを四ひき入《い》れて、前《まえ》をファスナーできっちりしめておけば、だれも気《き》がつかないはずだ。

「ぼく、四ひきとも、もらうよ」と、ヘンリーはいいました。

そして、大急《おおいそ》ぎで、ポケットから、十セント玉《だま》を二《ふた》つ出《だ》しました。それから、子《こ》ネコを一ぴきずつ、そうっとだきあげて、ジャンパーの中《なか》に入《い》れました。そして、四ひきとも入《い》れてから、ファスナーを、上《うえ》まであげました。おなかのあたりが、ちょっとふくらんで見《み》えるかもしれないけれど、まさか、中《なか》に子《こ》ネコを四ひきかくしているとは、だれも気《き》がつかないでしょう。

おそくなってしまった、と思《おも》いながら、ヘンリーは、自転車《じてんしゃ》に乗《の》りました。そして、できるだけ子《こ》ネコをゆさぶらないようにしながら、ペダルをふみました。不用品市《ふようひんいち》に、長《なが》いことといすぎました。

地区支配人《ちくしはいにん》の家《いえ》まで来《く》ると、ヘンリーは、自転車《じてんしゃ》を、クリの木《き》にもたせかけました。そして、髪《かみ》をなでつけ、しゃんと背《せ》すじをのばして、十一らしい感《かん》じを出《だ》そうとしました。急《きゅう》に、口《くち》の中《なか》がからからになってきました。

「ごめんください。失礼《しつれい》します」と、ヘンリーは、小《ちい》さい声《こえ》でいってみました。「ぼく、ヘンリー・ハギンズと申《もう》します。」

ヘンリーは、段《だん》だんを上《あが》っていって、玄関《げんかん》のベルをおしました。返事《へんじ》があるまでの間《あいだ》、胸《むね》が、ドキンドキン鳴《な》るのがわかりました。

ドアがあいてあらわれたのは、キャパーさんではなく、キャパーさんのむすめさんでした。高校生《こうこうせい》で、ヘンリーから見《み》れば、もうおとなといってもいいくらいの人《ひと》です。

「う……あの、キャパーさん、いらっしゃいますか？」ヘンリーは、やっとの思《おも》いで、それだけ口《くち》に出《だ》しました。

むすめさんは、つめにつけた赤《あか》いマニキュアをかわかそうと、かた方《ほう》の手《て》をふりながら、

「今《いま》よぶわ」と、こたえました。そして、おくに向《む》かって、「パパー、男《おとこ》の子《こ》が来《き》てるわよ」と、大《おお》きな声《こえ》でいいました。

むすめさんは、そのまま入《い》り口《ぐち》につっ立《た》って、まるで、こんな小《ちい》さい子《こ》、問題《もんだい》にもならないわというふうにヘンリーのことを無視《むし》して、赤《あか》いつめさきに息《いき》をふきかけていました。

ヘンリーは、ますますしゃちこばって、立《た》っていました。すると、そこへ、背《せ》の高《たか》い、やせた男《おとこ》の人《ひと》があらわれました。髪《かみ》の毛《け》は、ねずみ色《いろ》で、ちりちりしていて、ペンキのいっぱいついた胸《むね》あてズボンをはいていました。その人《ひと》は、ぼろぎれで手《て》をふ

きながら出《で》てきて、そのきれを、おしりのポケットにつっこみました。

「やあ、いらっしゃい」と、キャパーさんは、愛想《あいそ》よくいいました。「何《なに》か用《よう》？」

「失礼《しつれい》します。」ヘンリーは、つとめて、事務的《じむてき》に聞《き》こえるような声《こえ》で、できるだけ十一らしく見《み》せようとしながら、考《かんが》えてきたとおりいいました。

「ぼく……」といいかけて、ヘンリーは、つまりました。

ジャンパーの下《した》で、何《なに》かが、もそもそ動《うご》いたのです。

「ぼく……。」ヘンリーは、もう一度《いちど》いいかけて、またつまりました。

どこかおくのほうから、大《おお》きなシェパードが出《で》てきて、キャパーさんの足《あし》もとに立《た》ちました。キャパーさんは、犬《いぬ》の頭《あたま》をなでながら、ヘンリーのことばを待《ま》ちました。

ヘンリーは、犬《いぬ》を見《み》ました。犬《いぬ》も、ヘンリーを見《み》ました。ヘンリーの口《くち》は、もう古《ふる》いタオルみたいに、からからにかわいていました。ジャンパーの下《した》では、また、何《なに》かが、ごそごそ動《うご》きました。

「ぼく、ヘンリー・ハギンズといいます。」

ヘンリーは、どうにかこうにか、それだけ口《くち》にすると、ありもしないつばをごくっとのみました。そう口《くち》にしたとたん、自分《じぶん》の名《な》まえが、急《きゅう》に、だれかよその人《ひと》の名《な》まえみたいに聞《き》こえました。一瞬《いっしゅん》、ヘンリーは、ひょっとしたら、自分《じぶん》は、ほんとはヘンリー・ハギンズではないのかもしれないという気《き》がしました。それは、なんともいえない、みょうな気分《きぶん》でした。

「はじめまして」と、キャパーさんは、こたえました。この子《こ》は、いったいぜんたい、なんでここへ来《き》たんだろうと、キャパーさんがふしぎに思《おも》っていることは明《あき》らかでした。

「はじめまして」と、ヘンリーはいいました。いけない！　こんなことをいっちゃ、だめなんだ。こんなことというつもりじゃなかったのに。おかげで、何《なに》もかもめちゃくちゃだ。

キャパーさんのむすめさんは、クスクスわらいました。ヘンリーは、自分《じぶん》の顔《かお》が、ほてってくるのがわかりました。もう、事務的《じむてき》な気分《きぶん》など、これっぽっちもしませんでした。

ヘンリーは、ジャンパーのファスナーを、五センチほどさげました。キャパーさんの犬《いぬ》が、近《ちか》よってきて、ヘンリーのにおいをかぎました。犬《いぬ》は、耳《みみ》をぴんと立《た》て、けいかいするようにヘンリーを見《み》ました。

「メイジャー、こっち！」と、キャパーさんが、するどい声《こえ》でいいました。

メイジャーは、ほえました。目《め》を光《ひか》らせ、白《しろ》くて長《なが》い歯《は》をむきだしています。

このとき、ヘンリーのジャンパーがごそごそ動《うご》いたかと思《おも》うと、ふくらみはじめました。ヘンリーは、もう十一のような気分《きぶん》ではいられなくなりました。十《とお》という気《き》さえしませんでした。子《こ》ネコが、ヘンリーのからだに、きゅっと小《ちい》さな、するどいつめをたてたので、ヘンリーは、ぴくっとしました。

「ウ……ワン！」メイジャーが、ほえました。

キャパーさんは、犬《いぬ》の首輪《くびわ》をつかんで、後《うし》ろにひきもどしました。子《こ》ネコたちは、ジャンパーの下《した》で、あっちこっちとはいのぼりはじめました。一ぴきは、Ｔ《ティー》シャツの背中《せなか》のところをのぼってきます。小《ちい》さなつめがひふにさわるたび、ヘンリーは、むずむずしました。ヘンリーは、両手《りょうて》でこしのあたりをおさえつけて、ほかの子《こ》ネコをあがらせないようにしました。

キャパーさんは、おかしいのと同時《どうじ》に、ふしぎでたまらないようすでした。メイジャーは、首《くび》をつかまれたまま、しきりに前《まえ》へ出《で》ようとしていました。

「きみ、ジャンパーの中《なか》に、何入《なにい》れてるの？」と、キャパーさんは、やさしくききました。

「う……」と、ヘンリーはいいました。そして、犬《いぬ》から目《め》をはなさないようにしながら、ジャンパーの下《した》に手《て》をつっこんで、ちょうどけんこう骨《こつ》の間《あいだ》のところにいる子《こ》ネコを、どうにかしてひっぱりおろそうと、しきりに手《て》を動《うご》かしました。べつの子《こ》ネコが、今度《こんど》はT《ティー》シャツの前《まえ》を、よじのぼってきました。そして、ヘンリーが、キャパーさんに返事《へんじ》をするより早《はや》く、えりもとから顔《かお》を出《だ》し、小《ちい》さな声《こえ》でニャオとないて、「中《なか》にいるのは、ぼくです」と、自分《じぶん》から知《し》らせました。キャパーさんは、思《おも》わずにやっとするし、むすめさんにいたっては、まるでひきつけをおこしたみたいに、わらいだしました。

ヘンリーは、あわててその子《こ》ネコをジャンパーの中《なか》におしこみました。ところが、子《こ》ネコは、すぐまたぴょこっと顔《かお》を出《だ》しました。ヘンリーは、子《こ》ネコをおしこんで、ファスナーをえりもとまできっちりしめました。

「ちょっと、不用品市《ふようひんいち》で買《か》った子《こ》ネコが入《はい》ってます」と、ヘンリーはこたえました。

その間《あいだ》も、ヘンリーのジャンパーは、もそもそふくらんだり、へっこんだりしました。

キャパーさんのむすめさんは、それが、おかしくておかしくて、たまらないようでした。何《なに》が、おかしいのか、ヘンリーには、さっぱりわかりません。

子《こ》ネコたちは、ますます活発《かっぱつ》に動《うご》きまわりはじめました。犬《いぬ》にじっとにらまれていては、ヘンリーは、次《つぎ》にいうことばを思《おも》いつきませんでした。このまま、回《まわ》れ右《みぎ》をして、にげて帰《かえ》りたい気《き》がしましたが、そんなことはできない相談《そうだん》でした。キャパーさんは、ヘンリーがジャンパーの中《なか》にたくさん子《こ》ネコを入《い》れたまま、どうして自分《じぶん》の家《いえ》の玄関《げんかん》に立《た》つはめになったか、知《し》りたがるにきまっています。

「ウ……ワン！」と、メイジャーは、いきりたってほえました。

ヘンリーは、今《いま》では、キャパーさんも、なぜ自分《じぶん》のジャンパーが、おかしなぐあいになっているのかわかったことではあるし、このうえは、できるだけ、子《こ》ネコと犬《いぬ》は無視《むし》して、自分《じぶん》の訪問《ほうもん》の用向《ようむ》きを、手短《てみじか》に話《はな》してしまったほうがよいと考《かんが》えました。

「キャパーさん、ぼくに配達《はいたつ》やらせてください」と、ヘンリーは、いきなりきりだし

ました。

そして、いったとたん、しまったと思《おも》いました。こんなふうにして、たのむんじゃなかったのに……。

「そうだね、ヘンリーくん。わたしの返事《へんじ》はこうだ」と、キャパーさんは、親切《しんせつ》にいいました。一瞬《いっしゅん》、ヘンリーは、きぼうをもちました。「そのことなら、あと、一年《ねん》か二年《ねん》待《ま》って、もう一度《いちど》来《き》てごらん。そのとき、話《はなし》を聞《き》こう。」

それでも、ヘンリーは、あきらめられませんでした。

「ぼくは、年《とし》のわりには、背《せ》はひくいほうですけど、でも、自転車《じてんしゃ》に乗《の》れるし、まっすぐ投《な》げたり……そんなことやなんか、できます。」

「新聞配達《しんぶんはいたつ》というのはね、ヘンリーくん、自転車《じてんしゃ》に乗《の》ったり、新聞《しんぶん》を投《な》げたりするだけじゃないんだよ」と、キャパーさんはいいました。「お金《かね》をあつかうことができないといけないし、どんなお天気《てんき》の日《ひ》でも、きちんと時間《じかん》どおりに、玄関《げんかん》のポーチか、ゆうびん受《う》けの中《なか》か、お客《きゃく》さまがおっしゃるところに、責任《せきにん》をもって新聞《しんぶん》をとどけなきゃならん。新聞配達《しんぶんはいたつ》というのは、ふつう人《ひと》が考《かんが》えてる以上《いじょう》に、たいへんなことなんだよ。」

「あいたっ！」ヘンリーは、思《おも》わずさけび声《ごえ》をあげました。そして、ジャンパーの中《なか》に手《て》を入《い》れて、T《ティー》シャツから、子《こ》ネコのつめをはずしました。「ぼく、そういうこと、みんなやれます、キャパーさん。」

「たしかにやれると思《おも》うよ、あと一年《ねん》か二年《ねん》すればね」と、キャパーさんはいいました。

キャパーさんは、顔《かお》に親切《しんせつ》そうな笑《え》みこそうかべていましたが、いったことをとりけすつもりのないことは、はっきりしていました。

「はあ……どうも、おじゃましました。」ヘンリーは、わりきれない気持《きも》ちでいいました。

それから、回《まわ》れ右《みぎ》をして、段《だん》だんをおりかけました。

「よく来《き》てくれたね」と、キャパーさんはいいました。「わたしがいったこと、わすれるんじゃないよ。一年《ねん》か二年《ねん》したら、きっともう一度《いちど》来《き》てくれたまえね。」

「ウ……ワン！」と、メイジャーがいいました。

一年《ねん》か二年《ねん》か……段《だん》だんをおりながら、ヘンリーは考《かんが》えました。キャパーさんは、一年《ねん》か二年《ねん》というのは、ほとんど永遠《えいえん》と同《おな》じだということがわからないのでしょうか？

キャパーさんがドアをしめるちょっとまえ、むすめさんが、

「ああ、パパ、あんなおかしいこと、今《いま》までに見《み》たことある？ ジャンパーの中《なか》に子《こ》ネコを入《い》れて、持《も》ちあるくなんて。あたし、おかしくておかしくて、死《し》にそうだったわ！」といっているのが聞《き》こえました。

ヘンリーは、すっかりふさぎこんで、家《いえ》への道《みち》をペダルをふみながら、まったく、

ぼくは、どこまで非事務的《ひじむてき》なんだろう、と考《かんが》えました。今《いま》まで何《なに》ごとも、計画《けいかく》どおりにことが運《はこ》んだためしがない。新聞配達《しんぶんはいたつ》の口《くち》を手《て》に入《い》れようと出《で》かけていったのに、かわりに、何《なに》を手《て》に入《い》れた？　子《こ》ネコ。ちびの子《こ》ネコが四ひきってわけだ。それに、まあ、子《こ》ネコを四ひきもうちにつれて帰《かえ》ったら、おかあさん、なんていうだろう？　それに、アバラー！　アバラーのやつは、どうするだろう？

「おまえら、少《すこ》しはじっとしていられないのか？」ヘンリーは、T《ティー》シャツをのぼってきて、あごのところから、ふわふわの頭《あたま》をつきだした子《こ》ネコに、話《はな》しかけました。

まあいいさ、どうにかするさ、とヘンリーは思《おも》いました。なんとかして、配達《はいたつ》の口《くち》を自分《じぶん》のものにしてみせるさ。それも、一年《ねん》も二年《ねん》も、待《ま》ったりなんかしないぞ。どうするのかは、まだわかりませんでしたが、とにかく心《こころ》はきまりました。

2

ヘンリーの景品《けいひん》

ヘンリーが、ジャンパーにいっぱい子《こ》ネコを入《い》れて帰《かえ》ってくると、玄関《げんかん》のポーチで待《ま》っていたアバラーは、大《おお》よろこびでとんできて、しっぽをふりました。それから、何《なに》かへんだと気《き》がついたらしく、しっぽをふるのをやめて、耳《みみ》をぴんと立《た》てると、うたがい深《ぶか》そうに、ヘンリーのジャンパーのにおいをかぎました。

「だいじょうぶだよ、心配《しんぱい》するな」と、ヘンリーはいいました。「ちょっとの間《ま》、外《そと》

で待《ま》っててくれよな。その間《ま》に、話《はなし》をつけてくるから。」

ヘンリーは、四ひき全部《ぜんぶ》は、飼《か》わせてはもらえないことはわかっていました。でも、なんとか、一ぴきだけはうちにおいておけるよう、おかあさんとおとうさんをときふせてみせるつもりでした。ヘンリーは、玄関《げんかん》のドアをあけて、声《こえ》をかけました。

「ママ、ただいま。あ、ただいま、パパ。もう帰《かえ》ってたの。ねえ、ぼくが何持《なにも》ってるか、あててごらん。」

「わからんねえ」と、おとうさんはいいました。「今度《こんど》は、なんだね?」

「子《こ》ネコだよ。」ヘンリーは、まるで、それを聞《き》いたら、おかあさんもおとうさんも、大《おお》よろこびするだろうといわんばかりの調子《ちょうし》でいいました。

「子《こ》ネコですって!」と、おかあさんは、大声《おおごえ》をあげました。「まあ、ヘンリー、子《こ》ネコなんかだめよ。」

「すごくかわいい子《こ》ネコなんだよ」と、ヘンリーは、おかあさんの気《き》をひきたたせる

ようにいいました。
そして、ジャンパーの前《まえ》をあけると、見本《みほん》を一ぴきとりだして、そうっと、しきものの上《うえ》におきました。黒白《くろしろ》のやつでした。黒白《くろしろ》は、不安《ふあん》そうに、まわりを見《み》て、かぼそい声《こえ》でニャオとなきました。一ぴき、また一ぴきと、ヘンリーは、きょうだいをとりだして、しきものの上《うえ》におきました。四ひきが、ちっちゃな、さきのとがったしっぽを、まるでびっくりマークみたいに、ぴんと空中《くうちゅう》におっ立《た》てているところは、なんともいえずかわいい、とヘンリーは思《おも》いました。
ポーチのところに立《た》って、前《まえ》あしを窓《まど》じきいの上《うえ》にかけたアバラーは、ヘンリーの一挙手一投足《いっきょしゅいっとうそく》を見《み》まもっています。そして、心配《しんぱい》そうに鼻《はな》をならし、前《まえ》あしで窓《まど》ガラスをひっかきました。

「しずかにしてろ、アバラー」と、ヘンリーは命令《めいれい》しました。

アバラーは、「ワン！」とひと声《こえ》、するどくほえました。明《あき》らかに、中《なか》でやっていることは、自分《じぶん》には気《き》に入《い》らないというほえかたでした。

しばらくの間《あいだ》、おとうさんもおかあさんも、口《くち》をききませんでした。ただ、だまって、子《こ》ネコを見《み》つめていました。子《こ》ネコのほうは、少《すこ》しなれて、このはじめての、ふしぎなへやを、たんけんしはじめました。

やっと、おかあさんが口《くち》を開《ひら》きました。

「ヘンリー、おまえって子《こ》はまあ、何考《なにかんが》えてるの。よく子《こ》ネコを四ひきも、うちにつれてくるなんて気《き》になるわね。そんなことをするのは、おとうさんの遺伝《いでん》ね、きっと。」

「おいおい、おれのほうじゃないぞ」と、おとうさんがいいました。「おれの家族《かぞく》には、子《こ》ネコを四ひきも拾《ひろ》ってきた者《もの》なんか、一人《ひとり》もおらんぞ。」

アバラーは、ものすごい声《こえ》でほえました。窓《まど》の前《まえ》を、あっちへ行《い》き、こっちへ行《い》きしては、ほえました。まるで、「中《なか》へ入《い》れてください。さあ、中《なか》へ入《い》れてください。そしたら、その発育不良《はついくふりょう》のネコどもを、みんな追《お》っぱらってやります。」といっているようでした。

アバラーのほえるのを聞《き》きつけて、近所《きんじょ》じゅうの犬《いぬ》が、アバラーの問題《もんだい》に興味《きょうみ》をもって、いっしょになってほえだしました。

「しずかにしてろって、いったろう!」ヘンリーは、ガラスごしにアバラーをどなりつけ、同時《どうじ》に、カーテンにのぼろうとしていた子《こ》ネコをおろしました。

「あいた!」おかあさんが、ストッキングにひっかかった子《こ》ネコのちっちゃなつめをはずしました。「あーあ、ストッキング一足《そく》だめにしちゃった。」

アバラーは、ガラスをガリガリひっかき、キャンキャンと、何度《なんど》も短《みじか》くほえました。

「どうしても中《なか》に入《はい》って、あの子《こ》ネコどもを追《お》っぱらってしまわなきゃいけないんです」

といっているようでした。

「しずかに！」おとうさんと、おかあさんと、ヘンリーが、三人同時《にんどうじ》にいいました。

「あのね、とにかくね、パパ」と、ヘンリーは話《はな》しはじめました。

そして、不用品市《ふようひんいち》で子《こ》ネコを見《み》つけたことを、おとうさんとおかあさんに話《はな》しました。新聞配達《しんぶんはいたつ》のことや、どうして不用品市《ふようひんいち》のそばを通《とお》りかかったのかということには、ふれませんでした。おとうさんとおかあさんが自分《じぶん》を見《み》る目《め》つきからいって、子《こ》ネコの問題《もんだい》は、どうもむずかしくなりそうだということがわかったからです。問題《もんだい》は、一《いち》度《ど》に一《ひと》つでたくさんです。

「だから、つまり、もうこの子《こ》ネコは、返《かえ》すところがないってわけだな。」おとうさんは、そういって、ズボンの足《あし》をよじのぼろうとしていた子《こ》ネコをつまみあげました。

「そうだよ」と、ヘンリーはいいました。

「けど、ヘンリー」と、おかあさんはいいました。「おまえ、四ひきとも飼《か》うわけにはいきませんよ。」

「そりゃそうだ」と、おとうさんもいいました。「一ぴきだってだめだ。犬《いぬ》が一ぴきでけっこう――けっこうどころか、ノミだの、どろあしだの、やりきれんくらいだ。それに、アバラーがしょうちせんぞ。あした、朝《あさ》になったら、四ひきとも全部《ぜんぶ》、ペットショップに持《も》っていって、ペニカフさんにあげてきなさい。」

「ちぇっ、パパ。」ヘンリーは、口《くち》をとがらせました。

この子《こ》ネコたちが、見《み》も知《し》らぬ人《ひと》に売《う》られていくなんて、がまんなりませんでした。ヘンリーは、四ひきが、じゃれて、へやの中《なか》を、とびまわっているのをながめながら、ため息《いき》をつきました。もし、自分《じぶん》のうちで飼《か》えないのなら、子《こ》ネコたちが、それぞれいいうちにもらわれていくのを、自分《じぶん》で見《み》とどけたい、と思《おも》いました。ペットショップにあずけるよりは、近所《きんじょ》の人《ひと》に売《う》るほうがまだましです――近所《きんじょ》の人《ひと》といっても、もちろん、とくべついい人《ひと》たちにです。

「この近所《きんじょ》の人《ひと》に、ぼくが、自分《じぶん》で売《う》って歩《ある》いちゃいけない？」と、ヘンリーはききました。

「もし、おまえが、そうしたいっていうんならね。とにかく、うちには、おけんからな」と、おとうさんはいいました。「わかってるだろうが、子《こ》ネコには、一《ひと》つだけわるいところがある。」

「わるいところって？」と、ヘンリーはききました。

「すぐ大《おお》きくなって、ネコになるってことさ。」おとうさんは、にやっとわらってこたえました。

おとうさんは、それがおかしいことだと思《おも》っているのです。でも、ヘンリーには、おかしくなんかありませんでした。子《こ》ネコが大《おお》きくなれば、ネコになるのは、あたりまえじゃありませんか。子犬《こいぬ》だって、大《おお》きくなれば、犬《いぬ》になります。男《おとこ》の子《こ》だって、大《おお》きくなって、おまわりさんだの、パイロットだの、いろいろになります。でも、それには、だいぶ時間《じかん》がかかります。

ただ一《ひと》つよかったのは、あしたの朝《あさ》まで、子《こ》ネコをペットショップにつれていかなくてもいいことでした。そして、もしかしたら、それまでに、何《なに》かおこって、おとうさんやおかあさんの気《き》がかわるかもしれません。もしかして、アバラーが子《こ》ネコとなかよくなり、それを見《み》て、おかあさんも、おとうさんも、家《いえ》の中《なか》に子《こ》ネコがいることが、どんなにすてきか、わかってくれるかもしれません。

そうときまったので、その夜《よる》、ヘンリーはいそがしくなりました。さきに子《こ》ネコに食《た》べるものをやってしまおう、とヘンリーは思《おも》いました。そうしないと、アバラーのごはんのときに、じゃまになるからです。食《た》べさせるのは、楽《らく》でしたが、アバラーのじゃまにならないようにするのは、楽《らく》ではありませんでした。ヘンリーは、ガスレンジの横《よこ》の箱《はこ》の中《なか》に、古《ふる》いタオルをしいて、その中《なか》に、子《こ》ネコを入《い》れました。けれども、子《こ》ネコたちは、たちまち箱《はこ》からはいだして、台所《だいどころ》じゅう、あちこちにちらばりました。

「こら、そっち行《い》っちゃだめ」と、ヘンリーはいいました。

アバラーは、いつの間《ま》にか家《いえ》のまわりをまわって、台所《だいどころ》へ来《き》て、台所《だいどころ》の戸《と》をガリガリひっかきながら、ほえました。クリッキタット通《どお》りの犬《いぬ》は、みんなアバラーに同情《どうじょう》して、いっしょにほえました。

「しずかにしろ！」ヘンリーは、台所《だいどころ》の窓《まど》から首《くび》を出《だ》して、どなりました。

おかあさんが、肉《にく》にかけるソースをつくろうとして、一ぴきの子《こ》ネコをふみつけました。子《こ》ネコが、すごい声《こえ》をあげたので、おかあさんは、びっくりして、スプーンを落《お》としました。ソースが、リノリュームの床《ゆか》にとびちりました。でも、ふかなくてもすみました。子《こ》ネコたちが、しまつをつけてくれたからです。

「ほらね、役《やく》にたつだろ」と、ヘンリーはいいました。

「四ひきしかいないって、わかってはいるんだけど、」と、おかあさんはいいました。

「でも、そこらじゅうに、うじゃうじゃいるような気《き》がするわ。」

アバラーは、ほえました。ほえて、自分《じぶん》が、おなかをすかせたまま、裏《うら》のポーチに、たったひとりほうっておかれているんだということを、近所《きんじょ》じゅうに知《し》らせました。

「今《いま》、入《い》れてやるよ、アバラー」と、ヘンリーは、もう一度《いちど》、子《こ》ネコを拾《ひろ》いあげて箱《はこ》にもどしながらいいました。

箱《はこ》にはふたがなかったので、ヘンリーは、上《うえ》に新聞紙《しんぶんし》をのせました。箱《はこ》の中《なか》が暗《くら》くなったら、たぶん子《こ》ネコたちは、ねむるでしょう。それから、ヘンリーは、急《いそ》いでアバラーのごはんをつくってやって、台所《だいどころ》のドアをあけました。たっぷりとごはんを食《た》べたら、アバラーだって、子《こ》ネコに対《たい》して、もっときげんがよくなるかもしれません。

アバラーは、リノリュームの上《うえ》でつめの音《おと》をたてながら、トコトコと台所《だいどころ》へ入《はい》ってきました。そして、まっすぐに、自分《じぶん》のお皿《さら》のところへ行《い》くと、がつがつとごはんを食《た》べはじめました。

箱《はこ》にかぶせた新聞紙《しんぶんし》が、あがったり、さがったりしました。やがて、その下《した》から、黒《くろ》い前《まえ》あしが、そうっとのび、つづいて、黒《くろ》い鼻《はな》と、白《しろ》いひげがのぞきました。黒白《くろしろ》の子《こ》ネコが、箱《はこ》からとびだし、きょうだいたちが、そのあとにつづきました。四ひきは、床《ゆか》をつっきって、まっすぐアバラーのお皿《さら》へ向《む》かって走《はし》りました。まるで、アバラーがいることなど、眼中《がんちゅう》にないといったようすでした。

アバラーは、子《こ》ネコに、ごはんを分《わ》けてやる気《き》など、毛頭《もうとう》ありませんでした。のどのおくで、うなり声《ごえ》をたてながら、そのまま、がつがつ食《た》べつづけました。子《こ》ネコたちは子《こ》ネコたちで、うなり声《ごえ》なんか、ぜんぜん気《き》にしていないようすです。背中《せなか》を弓《ゆみ》のようにし、シューッというような声《こえ》をたて、からだじゅうの毛《け》をさかだてました。そこで、しっぽは、びっくりマークから、びんブラシにかわりました。

めんどうがおこってはたいへんと、ヘンリーは、シューシューいってさわいでいる子《こ》ネコたちをひっつかんで、おさえようとしました。子《こ》ネコたちは、にげようとして、ヘンリーのT《ティー》シャツに、つめをたてました。つめは、まるで針《はり》のように、ヘンリーをさしました。

「おい！」ヘンリーは、思《おも》わずおこりました。その間《ま》に、アバラーは、かみもしないで、ごはんをのみこんでしまいました。

黒白《くろしろ》の子《こ》ネコは、ヘンリーの腕《うで》をとびこえて、転《ころ》がるように、アバラーのそばまで行《い》きました。アバラーは、「ウウー」と、うなり声《ごえ》をたてました。子《こ》ネコは、アバラーの鼻《はな》の頭《あたま》を、ピシャッとたたきました。

アバラーは、おどろいてさけび声《ごえ》をあげ、あとずさりしました。それから、今度《こんど》は、本気《ほんき》になってうなりだし、子《こ》ネコめがけて、つっかかっていきました。ヘンリーは、あやういところで、黒白《くろしろ》の子《こ》ネコをつかみあげました。そのすきに、ほかの三びきが、ヘンリーの腕《うで》からのがれて、床《ゆか》にとびおりました。

一度《いちど》に三びきの子《こ》ネコは、アバラーにはあんまりでした。アバラーは、いきりたってほえながら、同時《どうじ》に三方向《ほうこう》に走《はし》ろうとしました。

「アバラー！」ヘンリーは、大声《おおごえ》でさけびながら、少《すく》なくとももう一ぴき、助《たす》けだそうとしました。

「ごはんですよ！」このさわぎのまっさいちゅうに、おかあさんが、負《ま》けずにどなりました。

ヘンリーは、黒白《くろしろ》の子《こ》ネコを、下《した》におろしました。そして、アバラーの首輪《くびわ》をつかむと、アバラーをひきずって、地下室《ちかしつ》へおりる階段《かいだん》のところまでつれていきました。ドアをあけて、階段《かいだん》のいちばん上《うえ》の段《だん》に、アバラーをほうりこむと、ヘンリーは、こわい声《こえ》でいいました。

「しずかにするんだぞ、いいな？　おまえが、そんなふうなたいどをとったら、子《こ》ネコを、うちで飼《か》えなくなるじゃないか。」

ヘンリーは、ドアをしめるまえに、パチッと地下室《ちかしつ》の電気《でんき》をつけました。アバラーが、暗《くら》やみですわっていなくてもいいようにです。家《いえ》の中《なか》が、しずかになりました。

「やれやれ、やっとおさまったか。」ヘンリーがテーブルにつくと、おとうさんがいいました。

アバラーは、クンクンなきはじめました。それから、ほえだし、ついには、ものすごい声《こえ》で遠《とお》ぼえを始《はじ》めました。アバラーの声《こえ》は、ヘンリーの真下《ました》の床《ゆか》をつきぬけて、大《おお》きく、悲《かな》しげにひびいてきました。台所《だいどころ》からは、子《こ》ネコが、何《なに》かやっているらしく、おなべがガタガタ鳴《な》る音《おと》が聞《き》こえました。

おとうさんも、おかあさんも、だまっていました。ヘンリーも、だまっていました。ちえっ、あのアバラーのやつめ、とヘンリーは、いまいましそうに、心《こころ》のなかでつぶやきました。あいつ、何《なに》もかもだめにしやがる……。

台所《だいどころ》では、牛乳《ぎゅうにゅう》びんが、ガチャンと音《おと》をたてて流《なが》しに落《お》ちました。一瞬《いっしゅん》、アバラーは、なきやみました。けれども、またすぐ、まえよりいっそういんうつな声《こえ》でなきはじめました。長《なが》く尾《お》をひいた、ふるえるような声《こえ》が、床《ゆか》を通《とお》して、あがってきました。

世界《せかい》じゅうに、ぼくほど不幸《ふしあわ》せな犬《いぬ》はないといっているような、なき声《ごえ》でした。

ハギンズ家《け》の一同《いちどう》が、落《お》ちつかぬ気持《きも》ちで、ようやくごはんを終《お》えようとしたとき、電話《でんわ》が鳴《な》りました。

「はい、……ああ、いいえ、そうじゃないんですの、グランビーさん。」電話《でんわ》は、どうやら、おとなりのおばさんからのようでした。「いいえ、アバラーは、病気《びょうき》じゃありません。ただ、あんなふうにないてるだけですの。」

「ほうら、いわんこっちゃない。」おかあさんが電話《でんわ》をきったあとで、おとうさんがいいました。

「アバラーのために、ご近所《きんじょ》にめいわくをかけるわけにはいかん。ヘンリー、出《だ》してやりなさい。アバラーは家《いえ》の中《なか》にいるときは、居間《いま》のすみに、自分《じぶん》の場所《ばしょ》があるってことを知《し》ってるんだから。一度《いちど》くらいは、それを守《まも》らせるさ。」

「はい、パパ」と、ヘンリーは、しぶしぶこたえて、地下室《ちかしつ》のドアをあけました。アバラーは、段《だん》だんをはねるようにあがってきて、「あんたは、ぼくを地下室《ちかしつ》へとじこめたけど、ぼくは、そのことをそんなにおこってはいませんよ」というふうに、しっぽをふってみせました。

「おすわり」と、ヘンリーはいいました。「自分《じぶん》の場所《ばしょ》へ行《い》って、すわるんだ。」

ヘンリーは、おかあさんがお皿《さら》をあらっている間《あいだ》、子《こ》ネコたちを、おかあさんの足《あし》もとでうろうろさせないほうがいいと思《おも》ったので、戸《と》だなに入《はい》っているのや、水《みず》きり台《だい》の上《うえ》にいるのやらをだきあげ、居間《いま》につれていきました。居間《いま》に入《はい》ると、子《こ》ネコたちは、すぐ、アバラーこそ、自分《じぶん》たちが調査研究《ちょうさけんきゅう》すべきものだ、ときめたようでした。アバラーは、ひくいうなり声《ごえ》をあげながら、立《た》ちあがりました。

「アバラー、自分《じぶん》の場所《ばしょ》にじっとしてなさい」と、おとうさんが命令《めいれい》しました。

アバラーは、すごすごと自分《じぶん》の場所《ばしょ》に帰《かえ》り、鼻《はな》を前《まえ》あしの上《うえ》にのせてうずくまり、なんの気《き》がねもなくふるまっている子《こ》ネコたちをにらみつけました。ヘンリーは、子《こ》ネコたちを、カーテンからひきはなしたり、アバラーのところへ行《い》かせないようにしたりするのに、てんてこまいでした。アバラーが、立《た》ちあがろうとするたんびに、ヘンリーは、じっとしていろと命令《めいれい》しました。アバラーがいては、子《こ》ネコを飼《か》うわけにはいかないことが、これではっきりしました。アバラーのやつ、年《とし》をとりすぎちゃったから、ネコには、なれることができないんだな、とヘンリーは思《おも》いました。

うまくいかなかったけれど、でも考《かんが》えとしては、いい考《かんが》えでした。それに、子《こ》ネコを助《たす》けてやったことも、こうかいはしませんでした。そりゃ、いろいろめんどうをおこしたことは、たしかですけれども。さて、今度《こんど》は、キャパーさんに、自分《じぶん》が、ほんとうは、りっぱな実務家《じつむか》であることを、なっとくさせる、何《なに》かべつの手《て》だてを考《かんが》えださなければなりません。

黒白《くろしろ》の子《こ》ネコは、その夜《よる》、とくに活発《かっぱつ》でした。一ぴき、また一ぴきと、ほかの三びきは、からだを丸《まる》くしてねむってしまったのに、黒白《くろしろ》のだけは、しきものの上《うえ》を横《よこ》っとびに、ぴょんぴょんはねまわり、おとうさんのくるぶしにとびつきました。

「しっ、しっ！」新聞《しんぶん》を読《よ》んでいたおとうさんは、いいました。

子《こ》ネコは、あっという間《ま》に、おとうさんのひざにはいあがり、新聞《しんぶん》の下《した》から、ちっちゃな鼻《はな》をつきだして、あちこちつついてまわりました。おとうさんは、ズボンにくいこんだつめをはずし、黒白《くろしろ》を床《ゆか》におきました。黒白《くろしろ》は、トコトコと歩《ある》いて、アバラーを見《み》にいきました。

アバラーは、まるで、「ねえ、いいでしょう、こいつにとびかからせてくださいよ」とねだるように、ヘンリーのほうを見《み》ました。でも、ヘンリーが、こわい顔《かお》をして、アバラーをにらんだので、とびかかるのは、あきらめたらしく、かた方《ほう》の目《め》だけは、用心深《ようじんぶか》く子《こ》ネコを見《み》はっていましたが、うなり声《ごえ》はたてませんでした。

子《こ》ネコは、まえよりだいたんになって、アバラーのすぐそばをかすめて通《とお》り、またヘンリーのおとうさんのところにもどりました。それから、今度《こんど》は、おとうさんのすわっているいすのひじにのぼり、前《まえ》あしを出《だ》して、ちょっちょっと、新聞《しんぶん》にさわりました。

「わかったよ、ノージー。」おとうさんは、そういいながら、もう一度《いちど》黒白《くろしろ》を床《ゆか》におろしました。「もうたくさんだ。」おとうさんは、このときから、なんにでも鼻《はな》をつっこんでくるこの黒白《くろしろ》の子《こ》ネコを「鼻《ノーズ》くん」という意味《いみ》でノージーとよびはじめました。

ノージーは、これが気《き》に入《い》ったとみえて、すばやくアバラーのところへ走《はし》っていったかと思《おも》うと、アバラーの鼻《はな》の頭《あたま》を、ちょんちょんとふざけてたたきました。ヘンリーは、いつでも子《こ》ネコをひったくれるようにかまえて、そばに立《た》っていました。ところが、アバラーは、ただじろっと子《こ》ネコをにらんだだけでした。子《こ》ネコは、すぐ興味《きょうみ》をなくし、またおとうさんのところへもどって、今度《こんど》はいすの背《せ》にのぼって、おとうさんの耳《みみ》にさわりました。それから、おとうさんのひざにとびおり、小《ちい》さい声《こえ》でニャオとなきました。それは、まるで、「ぼく、ここにいます。ちょっとは、相《あい》手《て》になってくださいよう」といっているようでした。

「ああ、わかった。わかっ

た、ノージー」と、おとうさんはいいました。「おまえには負《ま》けたよ。すきなようにしなさい。もっともおまえのことだから、いわなくても、すきなようにするだろうがね。」

子《こ》ネコは、ちっぽけなエンジンのような音《おと》をたてて、のどをゴロゴロいわせはじめました。それから、今度《こんど》は、両方《りょうほう》の前《まえ》あしで、おとうさんのひざをもみもみしました。それがすむと、今度《こんど》は顔《かお》、耳《みみ》、背中《せなか》、あしのさきを、ものすごくていねいになめました。

へやの中《なか》が、すっかりしずかになったので、ヘンリーは、また新聞配達《しんぶんはいたつ》のことに考《かんが》えをもどしました。ところが、新聞配達《しんぶんはいたつ》のことを考《かんが》えようとすると、いつの間《ま》にか子《こ》ネコのことを考《かんが》えているし、どうやって子《こ》ネコを処分《しょぶん》するかを考《かんが》えようとすると、今度《こんど》は新聞配達《しんぶんはいたつ》のことを考《かんが》えているというしまつでした。どうも、頭《あたま》がこんぐらがってしまいます。と、とつぜん、ヘンリーの頭《あたま》のなかが、ぱっと晴《は》れました。どうすればよいか、はっきりわかったのです――この二《ふた》つをいっしょにするのです！

つまり、近所《きんじょ》の家《いえ》をまわって、『ジャーナル』をとってくれないかきいて歩《ある》き、もし、とってくれるうちがあったら、そこに、ただで子《こ》ネコをあげるのです。フラー歯《は》ブラシのセールスマンみたいに、うまい文句《もんく》を考《かんが》えて、勧誘《かんゆう》するのです。そして、子《こ》ネコをもらうために、『ジャーナル』をとる、といった人《ひと》の名《な》まえをリストにして、キャパーさんのところへ持《も》っていくのです。そしたら、キャパーさんは、すごくよろこんで、ヘンリーに配達《はいたつ》をやらせてくれるにちがいありません！

「ママ、ものを買《か》うとき、それといっしょにくっついてくるものがほしくて、買《か》うことあるでしょう。あれ、なんていうの？」と、ヘンリーはききました。そのことばを知《し》らないと、セールスをするときにこまるからです。「ほら、スペースガンがほしくて、コーンフレークを買《か》ったりするでしょう、あれ。」

おかあさんは、にこっとわらいました。

「おまえのいってるの、景品《けいひん》ってこと?」

「そう、それそれ。ありがとう、ママ。」

景品《けいひん》だ!『ジャーナル』の購読申《こうどくもう》し込《こ》み一口《ひとくち》につき、景品《けいひん》として、子《こ》ネコを一ぴきつけるのです。ヘンリーは、あしたになるのが待《ま》ちきれませんでした。テレビで聞《き》く、「いっさい無料《むりょう》で」とか、「おためしはただ、お買《か》いあげの義務《ぎむ》はございません」などという広告宣伝《こうこくせんでん》の文句《もんく》が、ひと晩《ばん》じゅう、ヘンリーの頭《あたま》のなかで、ブンブン鳴《な》りつづけました。

よく朝《あさ》、ヘンリーは、子《こ》ネコを入《い》れるのにちょうどいい大《おお》きさの箱《はこ》を見《み》つけました。それから、問題《もんだい》の景品《けいひん》を集《あつ》めに、台所《だいどころ》へ行《い》きました。景品《けいひん》たちは、ほかのどのへやよりも、そこが気《き》に入《い》ったようです。台所《だいどころ》には、アバラーのお皿《さら》と、冷蔵庫《れいぞうこ》があります。ヘンリーは、食《た》べものが冷蔵庫《れいぞうこ》にあることがわかるなんて、子《こ》ネコはかなり頭《あたま》がいいな、と思《おも》いました。

「やれやれ。」ヘンリーが、最後《さいご》の子《こ》ネコをつかまえて箱《はこ》に入《い》れると、おかあさんがいいました。

ヘンリーは、パンをつつんであった古《ふる》いセロハン紙《し》を二まい、セロハンテープでつなぎあわせて、それを箱《はこ》の上《うえ》にかぶせ、まわりをひもでしばり、上《うえ》に、小《ちい》さな穴《あな》をいくつかあけました。こうしておけば、景品《けいひん》はどんなかわいい子《こ》ネコかということを、人《ひと》に見《み》せることができます。

さて、ノートとえんぴつを、ジーパンのおしりのポケットにつっこむと、ヘンリーは、新聞《しんぶん》の勧誘《かんゆう》と、景品《けいひん》たちの落《お》ちつきさきを見《み》つけに出《で》かけました。アバラーは、いっしょに行《い》きたがってほえましたが、家《いえ》にのこしておきました。

ヘンリーは、クリッキタット通《どお》りのヘンリーの家《いえ》のあるブロックでは、スクーターが、『ジャーナル』を配《くば》るのを、しょっちゅう見《み》ていたので、どの家《いえ》が『ジャーナル』をとっていて、どの家《いえ》がとっていないか知《し》っていました。そこで、最初《さいしょ》に、同《おな》じ通《とお》りの、一けんおいてとなりのプラマーさんのうちをためしてみることにしました。

「おはようございます。プラマーさんのおばさん。」ヘンリーは、おばさんが、玄関《げんかん》のドアをあけてくれたとたん、自分《じぶん》に出《だ》せるいちばんセールスマンらしい声《こえ》で、話《はな》しかけました。

「あら、ヘンリーじゃないの。どう、元気《げんき》?」おばさんは、手《て》についた小麦粉《こむぎこ》をはらいおとしながらいいました。

「はい、元気《げんき》です」と、ヘンリーはこたえました。そして、セロハン紙《し》をかぶせた子《こ》ネコの箱《はこ》をかかえたまま、一歩前《いっぽまえ》へ出《で》ると、売《う》りこみにかかろうと、口《くち》を開《ひら》きました。ところが、ヘンリーが、まだひとことも口《くち》をきかないうちに、おばさんがいいました。

「まあ、ヘンリー。あなた、まさか、この子《こ》ネコもらってくださいっていうんじゃないでしょうね。うちのおじさん、何《なに》がきらいって、ネコくらいきらいなものはないの。

それに、あなたも知《し》ってるでしょう、子《こ》ネコがこまるのは、すぐ大《おお》きくなってネコになること。」

「う……いいえ。」どぎまぎしてしまったヘンリーは、なんとかして、考《かんが》えをまとめようとしました。「あの、はい、子《こ》ネコは、大《おお》きくなったらネコになります──あの、ぼく、ほんとは、おたくで『ジャーナル』をおとりになりませんかって、ききにきたんです。子《こ》ネコのほうは……、つまり、その、ただ……ぐうぜん持《も》って歩《ある》いてたんです。」

これでは新聞《しんぶん》の勧誘《かんゆう》にはならないと思《おも》ったヘンリーは、あわててこうつけくわえました。

『ジャーナル』は、とてもいい新聞《しんぶん》です。ぼくのおとうさんも、毎日《まいにち》読《よ》んでいます。」

「いらないわ、ヘンリー」と、プラマーさんのおばさんはいいました。「新聞《しんぶん》は、一《ひと》つでたくさん。うちじゃ、もう昔《むかし》っから『オレゴン新聞《しんぶん》』をとってるでしょう。『オレゴン新聞《しんぶん》』なしじゃ、うちのおじさん、朝《あさ》のコーヒーが飲《の》めないと思《おも》うわ。」

「じゃ、どうも、おじゃましました。」

ヘンリーは、なんだかがっかりした気分《きぶん》で、段《だん》だんをおりました。次《つぎ》の家《いえ》へ行《い》くとちゅう、ヘンリーは、立《た》ちどまって、箱《はこ》にかぶせたセロハン紙《し》を、むすびなおさなければなりませんでした。ちょこちょことよく動《うご》く黒白《くろしろ》のノージーが、前《まえ》あしでつついて、ゆるくしてしまったのです。

二けんめのうちのベルを鳴《な》らしたとき、ヘンリーは、今度《こんど》は先方《せんぽう》が何《なに》かへんなことをいいだすまえに、こっちから売《う》りこみを始《はじ》めようと、かくごをきめました。

「おはようございます。」女《おんな》の人《ひと》が玄関《げんかん》の戸《と》をあけるやいなや、ヘンリーは、始《はじ》めました。「きょうは、とくべつ耳《みみ》よりなお話《はなし》があってまいりました。きょう、『ジャーナル』をお申《もう》しこみいただきますと、景品《けいひん》として、いっさい無料《むりょう》で、この子《こ》ネコを一ぴきさしあげることになっております。」

どんなもんだい！　ほんとうのセールスマンみたいに、「いっさい無料《むりょう》で」ということばを、ちゃんとつかっていったぞ。

女《おんな》の人《ひと》は、おとなの人《ひと》がよくやる、あの感《かん》じのわるいわらいかた、つまり、おかしくないようなふりをしているけれど、ほんとうは、ヘンリーのしていることがおかしくてたまらないと思《おも》っているわらいかたで、にっこりわらいました。

「わるいけど、わたし、子《こ》ネコはいらないわ」と、女《おんな》の人《ひと》はいいました。「子《こ》ネコをもらわないで、新聞《しんぶん》だけ申《もう》しこむことはできる？」

ヘンリーは、こんなことがあろうとは、予想《よそう》もしていませんでした。

「はあ……それは、できると思《おも》いますけど」と、ヘンリーはいいました。「でも、これ、すごくかわいい子《こ》ネコですよ。よくじゃれるし、家《いえ》の中《なか》で飼《か》われるのになれているし——まあ、だいたいのところ——それに……。」

ヘンリーは、もっとほかに、子《こ》ネコのよいところはないか考《かんが》えようとしました。け

れども、女《おんな》の人《ひと》が、おかしそうに自分《じぶん》のほうを見《み》ているので、すっかりあがってしまい、「おためしはただ、お買《か》いあげの義務《ぎむ》もありません」と、とってつけたようにいいました。

「『ジャーナル』は、一月《ひとつき》おいくら？」と、女《おんな》の人《ひと》はききました。

ヘンリーは、耳《みみ》がまっかになるのを感《かん》じました。あんまり子《こ》ネコのことばかり考《かんが》えていたので、新聞《しんぶん》の値《ね》だんを調《しら》べるのをすっかりわすれていたのです。

「それは……それは、わかりません」と、ヘンリーは口《くち》ごもりながらいいました。「でも、もし、子《こ》ネコがほしいのだったら、今申《いまもう》しこめば、たいへんおとくだと思《おも》います。」

「いいえ、子《こ》ネコはいらないわ」と、女《おんな》の人《ひと》は、今《いま》にもふきだしそうな顔《かお》をしながら、重《かさ》ねていいました。「でも、『ジャーナル』のほうはとるわ、いくらだかわかったらね。」

「ぼく――ぼく、きいてきます。」ヘンリーは、口《くち》ごもりながらいって、その家《いえ》から出《で》ました。まったく、ごりっぱなセールスマンだよ、とヘンリーは思《おも》いました。自分《じぶん》が勧誘《かんゆう》している新聞《しんぶん》の値《ね》だんも知《し》らないなんて。フラー歯《は》ブラシの人《ひと》だって、歯《は》ブラシが一本《ぽん》いくらか知《し》らなかったら、売《う》って歩《ある》けません。ヘンリーは、いましばらく、『ジャーナル』をすすめるのはあきらめて、ただ、子《こ》ネコのもらいさきだけをさがすことにしようときめました。値《ね》だんは一ぴき、二十五セントにしました。

ヘンリーは、通《とお》りのかたがわをはしまで行《い》き、次《つぎ》の通《とお》りをもどり、子《こ》ネコはいりませんか、子《こ》ネコはいりませんかと、一けん、一けん、玄関《げんかん》のベルを鳴《な》らして歩《ある》きました。ある人《ひと》は、ネコアレルギーだ、といいました。べつの人《ひと》は、うちに犬《いぬ》がいて、追《お》いかけまわすからだめだ、といいました。三番《ばん》めの人《ひと》は、ネコはいらない、といいました。ヘンリーは、値《ね》だんを十五セントにさげました。

次《つぎ》のうちでは、そのうちのネコが、最近《さいきん》子《こ》ネコを五ひきうんだところだ、といいました。よかったらあなたに一ぴきあげましょうか、とそこのうちのおばさんはいいました。また、べつの家《いえ》では、そこの男《おとこ》の子《こ》が、ハムスターを二ひき飼《か》っているので、ネコがうろついては、あぶない、といいました。ヘンリーは、値《ね》だんを十セントにさげ、お昼《ひる》ごはんのことを考《かんが》えはじめました。

その次《つぎ》のうちでは、女《おんな》の子《こ》が、黄色《きいろ》い子《こ》ネコをもらう、といってくれました。ところが、女《おんな》の子《こ》が、おかあさんに、十セントもらいにいったら、ネコを飼《か》うのはいけない、といわれてしまいました。それから、あるおばさんは、毎週末《まいしゅうまつ》、おじさんといっしょに山《やま》へ行《い》くので、その間《あいだ》、ネコにごはんをやる人《ひと》がいないからだめだ、といいました。おなかがすいてきたヘンリーは、子《こ》ネコは、ただにすることにしました。

次《つぎ》のうちでは、おじさんが家《いえ》にいました。ヘンリーは、その人《ひと》がパンフリーという名《な》まえだということを知《し》っていました。パンフリーさんは、車庫《しゃこ》の大《おお》そうじをしていました。

「おはようございます。ぼく、すごくいい子《こ》ネコ持《も》ってるんですけど」と、ヘンリーは、てっとり早《ばや》くきりだしました。「かわいがってくれる人《ひと》に、いっさい無料《むりょう》で、分《わ》けてあげているんです。」

「ほう？」パンフリーさんは、ほうきをおいて、いいました。

こいつはみゃくがあるらしいぞ、とヘンリーは思《おも》いました。そこで、大急《おおいそ》ぎで、売《う》りこみをつづけました――もし、ただで子《こ》ネコをあげるのにも、売《う》りこみということばをつかうとしたらの話《はなし》ですが……。

「この子《こ》ネコは、だいたいのところ、家《いえ》にもよくなれているし、よくじゃれてかわいいし、それに、もし、おたくにネズミがいれば、たぶんネズミもとるだろうと思《おも》います。」ヘンリーは、だんだん早口《はやくち》になりながらいいました。「おためしはただ、お買《か》いあげの義務《ぎむ》もありません。」

「そいつは、耳《みみ》よりな話《はなし》だね。」パンフリーさんは、そういうと、かがみこんで、セロハン紙《し》ごしに、子《こ》ネコを見《み》ました。

「このネコのおばあさんというのは、毛《け》の長《なが》いネコだったんです」と、ヘンリーはいいました。

今度《こんど》こそ、少《すく》なくとも一ぴきは、ひきとってもらえるぞ。それは確実《かくじつ》だ。とうとう、つきがまわってきたんだ。パンフリーさんに、一ぴきひきとってもらったら、家《いえ》に帰《かえ》って、お昼《ひる》を食《た》べよう。そして、のこりの三びきの親《おや》さがしは、お昼《ひる》からにするんだ。

ヘンリーは、箱《はこ》のセロハン紙《し》をはずして、見本《みほん》を一ぴきとりだしました。

「ね、すごく元気《げんき》がいいでしょう。」

パンフリーさんは、にこっとわらいました。それにゆうきをえて、ヘンリーはつづけました。

「毛《け》の色《いろ》もいいし、つやつやしてるでしょう。それに、とてもきれいですよ。この子《こ》ネコたちみんな、しょっちゅう、からだなめてるから。」

さあ、どんなもんだ。これは、本式《ほんしき》の売《う》りこみだぞ。これなら、本職《ほんしょく》のフラー歯《は》ブラシのセールスマンにだって負《ま》けないぞ。

「まったく、きれいだ。それに、元気《げんき》もいい」と、パンフリーさんは、あいづちを打《う》ちました。

ヘンリーは、とくいになって、顔《かお》をかがやかせました。やっと一ぴきもらってもらえる！　いや、パンフリーさんは、もしかすると、二ひきもらっていってくれるかもしれないぞ。

「まったくだ。こいつらは、おそろしく元気《げんき》のいい子《こ》ネコたちだ」と、パンフリーさんはいいました。「それもそのはず、こいつらは、わたしが不用品市《ふようひんいち》へ持《も》っていったネコだからな。」

パンフリーさんのいったことがのみこめるまでには、少《すこ》し時間《じかん》がかかりました。

「おじさんが、持《も》っていった……。」

ヘンリーの顔《かお》から、わらいが消《き》え、それと同時《どうじ》に、一ぴきの子《こ》ネコにいい家《いえ》を見《み》つけてやれそうだというきぼうも消《き》えました。

「そうなんだよ」と、パンフリーさんは話《はな》しはじめました。「うちは、ワシントンのワラワラに引《ひ》っこすもんでね。それで、子《こ》ネコをどうかしなければいけなかったんだよ。この子《こ》らのおかあさんは、つれていくんだが、引《ひ》っこすのに、一ぴきつれていくだけでもたいへんだろう。それに、きみも知《し》ってのとおり、子《こ》ネコでこまるのは……。」

「わかってます」と、ヘンリーは、急《いそ》いでいいました。もう、何人《なんにん》の人《ひと》がそういうのを聞《き》いたかわかりません。これだけ何度《なんど》もいわれれば、だれだっておぼえます。

「大《おお》きくなるとネコになるんでねえ。」パンフリーさんは、それでも、やっぱりいいいました。「しかし、きみがそんなにしてまで、子《こ》ネコのもらいさきをさがしてくれているとは、ありがたい。うちで、それをしてやれなかったんでねえ。なにしろ、荷《に》づくりがたいへんだし、地下室《ちかしつ》や屋根裏《やねうら》べやのがらくたをかたづけるのに、てんてこまいだったもんだから。」

ヘンリーは、むりに、よわよわしくわらってみせました。

「じゃ、おじゃましました。」

「がんばってな」と、パンフリーさんは、心《こころ》のこもった声《こえ》でいいました。

もうやめた、とヘンリーは思《おも》いました。これで、はっきりわかりました。みんな、子《こ》ネコは、いらないのです。ヘンリーは、くたびれて、おなかがすいて、がっかりしていました。このうえは、手《て》は一《ひと》つ。ペットショップに持《も》っていって、ペニカフさんにひきとってもらうようにたのむしかありません。もし、ペニカフさんが、ひきとってくれなかったら……そのときは、そのときだ。ヘンリーは、今《いま》は、それ以上考《いじょうかんが》えることができませんでした。ぜがひでも、ペニカフさんに、ひきとってもらわなければ……重《おも》い足《あし》をひきずって、ヘンリーは、ペットショップのほうに向《む》かって、歩《ある》きだしました。もう、一生《いっしょう》、よそのうちの玄関《げんかん》のベルは、鳴《な》らしたくありませんでした。

「よう、どうした!」スクーター・マッカーシーが、自転車《じてんしゃ》に乗《の》ってやってきて、へンリーのそばの歩道《ほどう》に、自転車《じてんしゃ》を止《と》めて、声《こえ》をかけました。「その箱《はこ》、何《なに》が入《はい》ってるんだい？」

「子《こ》ネコさ」と、ヘンリーはこたえました。そして、もう一度《いちど》だけ、最後《さいご》の努力《どりょく》をしてみよう、と思《おも》いました。「もし、どこかもらってくれるうちを見《み》つけてくれたら、二十五セントやるよ。」

「いらないよ。」スクーターは、そういいすてて、向《む》こうへ行《い》ってしまいました。

ヘンリーは、がっかりはしませんでした。スクーターが、子《こ》ネコをもらってくれるだろうとは、もともと期待《きたい》していなかったからです。それに、スクーターは、べつに、二十五セントかせぐ必要《ひつよう》はありません。新聞配達《しんぶんはいたつ》をしているんですから。

「よう、ヘンリーくんか。」ペットショップに入《はい》っていくと、ペニカフさんが、声《こえ》をかけてくれました。「アバラーに、馬肉《ばにく》一ポンド（約《やく》四百五十グラム）か？」

「きょうはちがうんだよ。」ヘンリーは、そういいながら、箱《はこ》からセロハン紙《し》をとりました。「おじさん、子《こ》ネコひきとってくれない？」

ペニカフさんは、子《こ》ネコを一ぴきずつ調《しら》べました。ヘンリーは、落《お》ちつかない気持《きも》ちで、それを見《み》ていました。

「よし、もらっとこう。ただし、お金《かね》ははらえんよ」と、ペニカフさんは、ようやくいいました。「このごろ、子《こ》ネコは、あまり買《か》い手《て》がないし、買《か》い手《て》がつくまで、えさ代《だい》がかかるからな。」

「それは、いいんです」と、ヘンリーはペニカフさんの気《き》がかわるといけないと思《おも》って、あわてていいました。

ペニカフさんは、子《こ》ネコたちを、通《とお》りに面《めん》したウィンドウの中《なか》の、細《こま》かくちぎった新聞紙《しんぶんし》の上《うえ》におきました。ヘンリーは、しばらく、そこに立《た》って、子《こ》ネコたちが、この仮《かり》の住《す》まいを、あちこちたんけんするのを、じっと見《み》ていました。ノージーは、まっさきに、じゅうたんでおおいのしてある柱《はしら》を見《み》つけ、すぐさま、そこでちっちゃなつめをとぎにかかりました。

「かわいがってくれないような人《ひと》には、売《う》らないでね、おじさん」と、ヘンリーは、心配《しんぱい》そうにいいました。

「だいじょうぶだよ」と、ペニカフさんは、まかしとけというようにヘンリーを見《み》て、にっこりしました。「いつも、子《こ》ネコには一ドルの値《ね》をつけることにしてあるんだ。一ドル出《だ》しても買《か》っていこうというくらいの人《ひと》なら、きっとだいじにしてくれるからね。」

「うん。じゃ、どうもありがとう。」ヘンリーは、最後《さいご》に、もう一度《いちど》ノージーを軽《かる》くなでてやってからいいました。こいつは、とくべついいもらい手《て》がつくといいな、いつもクリームと、マタタビをしみこませたネズミのおもちゃをたやさないようにしてくれる人《ひと》が、とヘンリーは思《おも》いました。それから、肩《かた》の荷《に》がおりたような気《き》がして、ヘンリーは、大急《おおいそ》ぎで、うちに走《はし》って帰《かえ》りました。うちにつくと、台所《だいどころ》のテーブルの上《うえ》に、お昼《ひる》が用意《ようい》してありました。

おなかがぺこぺこだったヘンリーは、お昼《ひる》のツナサンドにパクッとかぶりつき、もぐもぐ、だまってかみました。子《こ》ネコがいないと、うちの中《なか》がみょうにがらんとした感《かん》じです。とくに、ノージーがいないのが、さびしい気《き》がしました。こうして、テーブルにすわっているうちにも、どこかからふいにあいつがとびだして、足首《あしくび》にじゃれつきそうな気《き》がします。

アバラーでさえ、何《なに》かものたりなさそうなようすをしていました。台所《だいどころ》のあちこちを、クンクンとかぎまわり、何《なに》か問《と》いたげな目《め》で、ヘンリーを見《み》あげました。

「こいつめ」と、ヘンリーは、おこっていいました。「どうして、子《こ》ネコにやさしくしてやらなかったんだよ?」

このとき、おとうさんが、裏庭《うらにわ》から入《はい》ってきました。ヘンリーは、おとうさんに、してきたことを話《はな》しました。

「おかしいんだがね、」と、おとうさんは、考《かんが》えこむようにいいました。「おとうさん、あのいたずら者《もの》の黒《くろ》いやつがいないと、さびしい気《き》がしてね。あいつがいないと、うちの中《なか》ががらんとして見《み》えるんだ。」

そういうと、おとうさんは、ポケットに手《て》をつっこんで、おさいふを出《だ》し、おさいふをあけて、中《なか》から一ドル札《さつ》をとりだしました。

「パパ！」ヘンリーは、大声《おおごえ》をあげて、おとうさんの手《て》から、お金《かね》をひったくりました。「けど、ママがなんていうかな？」

「さあ、そいつはわからんがね」と、おとうさんもいいました。「しかし、おまえが出《で》かけてる間《あいだ》に、おかあさん、うちにも、そのうちに、ネズミが出《で》るかもしれないわねっていってたよ。それは、ほんとだ。」

「わあーい、わあーい！」ヘンリーは、大急《おおいそ》ぎで、ミルクを飲《の》みほしました。

こうなったら、一時《いっとき》も、ぐずぐずしてはいられません。今《いま》、この瞬間《しゅんかん》にも、だれかが、あいつを買《か》おうとしているかもしれません。

「けど、アバラーはどうする？」ヘンリーは、ちょっと立《た》ちどまって考《かんが》えました。「アバラーは、いやがるだろうな。」

「ノージーには近《ちか》づかないように、なんとか教《おし》えこむしかないさ」と、おとうさんはいいました。「そりゃ、すぐってわけにはいかんだろうが、まあ、そのうちなれるさ。」

おとうさんは、ポケットから、小銭《こぜに》をひとつかみとりだして、ヘンリーに二十五セント玉《だま》を一《ひと》つくれました。「ついでに、マタタビ入《い》りのネズミの人形《にんぎょう》一《ひと》つ買《か》っといで。」

一度《いちど》もサドルにおしりをつけず、ペットショップまでずっと立《た》ちっぱなしでペダルをこいできたヘンリーは、店《みせ》についたとき、ハアハアあらい息《いき》をしていました。いたいた！　ノージーは、ウィンドウの中《なか》で、ねむっていました。

数分《すうふん》のちには、ヘンリーは、ノージーをジャンパーの中《なか》に入《い》れて、しっかりファスナーをかけ、ポケットには、マタタビ入《い》りのネズミの人形《にんぎょう》を入《い》れて、家《いえ》へ向《む》かっていました。とうとう、子《こ》ネコを自分《じぶん》のものにしたのです。

クリッキタット通《どお》りに向《む》かってペダルをふみながら、それでも、たった一《ひと》つ、気《き》にかかる問題《もんだい》がありました。それは、アバラーでした。ハギンズ家《け》では、アバラーは、もうずっと長《なが》い間《あいだ》、万事自分《ばんじじぶん》の思《おも》うようにふるまってきたので、家族《かぞく》の新《あたら》しいメンバーになれるのは、なみたいていのことではないでしょう。もしかしたら、ひどく気《き》をわるくして、家出《いえで》をするかもしれません。犬《いぬ》は、ときどき、そんなことをします。アバラーには、ぜったいにそんなことをしてもらいたくありません。ヘンリーは、アバラーに、とくべつやさしくしてやろうと決心《けっしん》しました。お肉《にく》も、大《おお》きく切《き》ったのをやり、耳《みみ》の後《うし》ろをかいてやろう。それに、おかあさんをときふせて、いいといったら、地下《ちか》室《しつ》でなく、ヘンリーのベッドの足《あし》もとで寝《ね》かせてやろう。考《かんが》えれば考《かんが》えるほど、ヘンリーは、アバラーがかわいそうになってきました。かんたんにはいかないでしょうが、でもなんとかうまくやっていかなくては……。

家《いえ》についたときには、ヘンリーの心《こころ》は、店《みせ》でノージーを買《か》ったときほど、うきたってはいませんでした。ヘンリーは、自転車《じてんしゃ》を車庫《しゃこ》の中《なか》におくと、台所《だいどころ》の段《だん》だんをのぼっていきました。アバラーは、そこにいました。

「よう、帰《かえ》ったよ。」ヘンリーは、アバラーにやさしく話《はな》しかけ、左《ひだり》の耳《みみ》の後《うし》ろをかいてやりました。アバラーは、しっぽをふって、ヘンリーのあとから、うちに入《はい》りました。台所《だいどころ》で、ヘンリーは、ジャンパーの前《まえ》ファスナーをあけると、ノージーをとりだしました。

「ようし、よし。じっとしてろ」と、ヘンリーは、アバラーにいいました。「さわぐんじゃないぞ。いまに、何《なに》もかも、うまくいくようになるからな。」

ヘンリーは、ノージーを床《ゆか》におきました。アバラーが何《なに》かしようとしたら、すぐ、ひったくれるように、じゅうぶん間《かん》かくをおいておきました。

ところが、おどろいたことに、アバラーは、うなりませんでした。ノージーから目《め》

をはなさないようにしながら、ヘンリーは、アバラーの頭《あたま》を、やさしくたたいてやりました。アバラーが、ほうっておかれているのではないことを教《おし》えてやるためです。

アバラーは、知《し》らん顔《かお》をしていました。それどころか、ひと声短《こえみじか》く、うれしそうにほえると、しっぽをふって、トコトコと、リノリュームの床《ゆか》を、ノージーのほうへ歩《ある》いていきました。ノージーは、からだを弓《ゆみ》のようにして、しっぽの毛《け》をふくらませました。

ヘンリーがじっと見《み》ていると、アバラーは、ノージーのにおいをクンクンとかぎました。ノージーは、毛《け》をさかだてたまま、じっと立《た》っていました。すると、どうでしょう。アバラーは、そのそばにペタンとすわり、長《なが》いピンクの舌《した》を出《だ》して、子《こ》ネコをなめはじめたではありませんか！　そして、おもしろいのは、ノージーも、そうされるのをちっともいやがらないことでした。

「へえーっ、こいつはたまげた。」ヘンリーは、ノージーの毛《け》が、アバラーになめられて、だんだんぬれていくのを見《み》ながら、大声《おおごえ》でいいました。「おまえ、ほんとにそいつが気《き》に入《い》ったのか！」

アバラーは、なめるのをやめて、ヘンリーを見《み》あげ、しっぽで床《ゆか》をタンタンと打《う》ちました。それから、また、すぐ子《こ》ネコをなめにもどりました。

3

ヘンリーの広告《こうこく》

何《なに》かやりがいのあることをしようと考《かんが》えれば考《かんが》えるほど、ヘンリーは、どうしても新聞配達《しんぶんはいたつ》がやりたくなりました。毎日《まいにち》、放課後《ほうかご》、ヘンリーは、自転車《じてんしゃ》に乗《の》って、ノット通《どお》りのキャパーさんの車庫《しゃこ》の前《まえ》を、ゆっくり通《とお》りました。車庫《しゃこ》の前《まえ》に、『ジャーナル』のトラックが止《と》まって、新聞《しんぶん》のつつみをおろすと、それを、十人《にん》あまりの男《おとこ》の子《こ》が、手分《てわ》けして配達《はいたつ》するのです。ヘンリーは、配達《はいたつ》の男《おとこ》の子《こ》たちが、つつみをほどいたり、

新聞《しんぶん》をかぞえたり、おったりしながら、わらったり、話《はな》したりしているのを聞《き》きました。そして、自分《じぶん》も、この子《こ》たちのなかまに入《はい》れたら、どんなにいいだろう、と思《おも》いました。

ところが、ある火曜日《かようび》の放課後《ほうかご》、スクーター・マッカーシーが、自転車置《じてんしゃお》き場《ば》のところで、ヘンリーをよびとめていいました。

「なあ、ハギンズ。おれ、きょう、YMCA《ワイエムシーエイ》のプールに泳《およ》ぎにいきたいんだ。けど、行《い》くとなると、だれかにおれの新聞《しんぶん》おってもらわなくっちゃだめなんだよ。おまえ、やってくれないか？」

「おまえ、それ本気《ほんき》か、スクーター？」と、ヘンリーは、自分《じぶん》も、YMCA《ワイエムシーエイ》へ泳《およ》ぎにいくことを考《かんが》えていたのですが、それさえわすれて、いきおいこんできました。「おまえの新聞全部《しんぶんぜんぶ》？」

「そうだよ。」スクーターは、そういいながら、自分《じぶん》の自転車《じてんしゃ》の後《うし》ろのフェンダーから、

『読《よ》むならジャーナル』と印刷《いんさつ》してあるズックのふくろをひっぱりだして、ヘンリーにわたしました。「ただおって、このふくろに入《い》れて、キャパーさんとこの車庫《しゃこ》においといてくれたらいいよ。おれ、配達《はいたつ》の時間《じかん》に間《ま》にあうように帰《かえ》るから。」

その日《ひ》の午後《ごご》、ヘンリーは、自分《じぶん》が、いよいよ新聞配達《しんぶんはいたつ》に一歩近《ぽちか》づいた、と思《おも》いました。今《いま》まで、こんなにていねいにやった子《こ》はいないくらい、きちんと、新聞《しんぶん》をおりたたんでいると、みごと、そのかいあって、ヘンリーのねがいどおり、キャパーさんが、気《き》がついてくれました。

「スクーターは、どうしたの？」と、キャパーさんがききました。

ヘンリーは、スクーターとのとりきめを説明《せつめい》しました。すると、キャパーさんは、それ以上《いじょう》、なんにもいわなかったので、ヘンリーは、ちょっとがっかりしました。でも、きぼうはすてませんでした。

それからあと、ヘンリーは、毎週《まいしゅう》一回《かい》、スクーターがＹＭＣＡ《ワイエムシーエイ》へ水泳《すいえい》に行《い》く日《ひ》には、

新聞《しんぶん》をおることになりました。ある火曜日《かようび》、スクーターの帰《かえ》りがおそかったので、スクーターのおかあさんが、車《くるま》でやってきて、かわりに配達《はいたつ》しました。ヘンリーは、自分《じぶん》が配達員《はいたついん》になったら、けっしておかあさんに配達《はいたつ》させるようなまねはしないぞ、と決心《けっしん》しました——おかあさんが新聞《しんぶん》を投《な》げるときのかっこうを考《かんが》えたら、とてもそんなことはできません。

スクーターの新聞《しんぶん》をたたんでいるうちに、ヘンリーは、ほかの配達《はいたつ》の子《こ》たちと顔見知《かおみし》りになりました。もちろん、まだなかまにはなれません。でも、だんだんそうなりつつあります。「ぼくが配《はい》達《たつ》するようになったら、」などということばも、口《くち》に出《だ》せるようになりました。「お金《かね》ためて、本式《ほんしき》の寝《ね》ぶくろ買《か》うのさ」とか、「ぼくが配達《はいたつ》やるようになったら、五時半《じはん》までに全部配達《ぜんぶはいたつ》すませてしまうんだ」とか。ヘンリーは、うちでも、配達《はいたつ》やるようになったら、という話《はなし》をするようになりましたし、学校《がっこう》でも、友《とも》だちにその話《はなし》をするようになりました。

ヘンリーが、毎週《まいしゅう》スクーターが水泳《すいえい》に行《い》く日《ひ》に新聞《しんぶん》をおるようになってから、数週間《すうしゅうかん》たったある火曜日《かようび》の朝《あさ》、スクーターが、学校《がっこう》の前《まえ》の自転車置《じてんしゃお》き場《ば》で話《はな》しかけてきました。

「おい、ハギンズ。おまえ、きょう放課後《ほうかご》、おれのかわりに、新聞配達《しんぶんはいたつ》やらないか?」

ヘンリーは、スクーターが本気《ほんき》かどうか、じっと顔《かお》を見《み》ました。明《あき》らかに本気《ほんき》です。ただ新聞《しんぶん》をおるだけで、時間《じかん》がきたら、ほかの男《おとこ》の子《こ》たちが、それを持《も》って、自分《じぶん》の受《う》け持《も》ち区域《くいき》へとちっていくのをながめているだけでなく、ほんとうに自分《じぶん》で配達《はいたつ》するチャンスです。今《いま》こそ、キャパーさんに、自分《じぶん》を見《み》せるチャンスです！　けれども、ヘンリーは、あんまりよろこんでいると思《おも》われたくありませんでした。

「どうしてだい？」と、ヘンリーは、自転車《じてんしゃ》のかぎをパチンとかけながらさりげなくききました。

「もし、だれかがかわりに配達《はいたつ》やってくれたら、おれ、YMCA《ワイエムシーエイ》にのこって、もう一時間泳《じかんおよ》げるんだ」と、スクーターはこたえました。

ヘンリーは、ちょっと考《かんが》えるふりをしました。それから、

「いいよ。なんとか時間《じかん》あると思《おも》うよ」と、いいました。

「ありがたい」と、スクーターはいいました。「これ、配達《はいたつ》さきの名簿《めいぼ》だ。」

スクーターは、ポケットから、よれよれのノートをひっぱりだしました。「これに、購読者全部《こうどくしゃぜんぶ》の名《な》まえと住所《じゅうしょ》が書《か》いてある。それから、どこへ新聞《しんぶん》をおくか、っていうようなこともな。ポーチの上《うえ》においてくれっていう人《ひと》もあるし、車庫《しゃこ》の横《よこ》へおいてく

れっていう人《ひと》もあるし、そんなことやなんかいろいろ——知《し》ってるだろ。」

「ああ、知《し》ってるさ。」ヘンリーは、パラパラとノートをくってから、それを、ズボンのおしりのポケットにつっこみました。

「新聞《しんぶん》は、全部《ぜんぶ》六時《じ》までに配《くば》っちまわないとだめだぜ」と、スクーターは注意《ちゅうい》しました。「もし、それまでに配《くば》ってなかったら、お客《きゃく》さん、電話《でんわ》かけてよこして、文句《もんく》いうからな。そしたら、おれの点数《てんすう》わるくなるからな。まる一月《ひとつき》の間《あいだ》、ひとつも苦情《くじょう》がこなかったら、おれ、ただの映画《えいが》の券《けん》二まいもらえるんだ。」

「ちゃんと配《くば》っとくよ」と、ヘンリーは約束《やくそく》しました。

その日《ひ》、ヘンリーは、学校《がっこう》が終《お》わるのが待《ま》ちどおしくてなりませんでした。書《か》き取《と》り、算数《さんすう》、社会科《しゃかいか》——いつまでたっても終《お》わらないのではないかと思《おも》ったくらいです。休《やす》み時間《じかん》や、お昼《ひる》ごはんの時間《じかん》さえ、だらだらと長《なが》いような気《き》がしました。ヘンリーは、二、三分《ぷん》おきに、おしりのポケットに手《て》をやっては、あのだいじな配達名簿《はいたつめいぼ》が、ちゃんとあるかどうかさわってみました。

ところで、その日《ひ》の午後《ごご》、最後《さいご》のベルが鳴《な》るちょっとまえ、ヘンリーの受《う》け持《も》ちのプリングル先生《せんせい》が、チョークをおいて、みんなのほうに向《む》きなおりました。

「みなさん、ひとつお知《し》らせがあります」と、先生《せんせい》はいいました。

たぶん、うちに帰《かえ》って、おかあさんに、PTA《ピーティーエイ》の集《あつ》まりに出席《しゅっせき》してくださいっていえっていうんだろう、とヘンリーは思《おも》いました。おしまいのベル、さっさと鳴《な》ってくれりゃいいのに……。

「グレンウッド小学校《しょうがっこう》では、講堂《こうどう》の舞台《ぶたい》に使《つか》う新《あたら》しいカーテンを買《か》うお金《かね》をつくるために、古新聞《ふるしんぶん》の回収《かいしゅう》をすることになりました。来週《らいしゅう》の土曜日《どようび》、全校《ぜんこう》の生徒《せいと》に、古新聞《ふるしんぶん》や、古雑誌《ふるざっし》をたばにして校庭《こうてい》に持《も》ってきてもらいます。校庭《こうてい》には、PTA《ピーティーエイ》の係《かかり》の人《ひと》がいて、みなさんが持《も》ってきたたばを、はかってくれます。そして、三十インチ（約《やく》七十五センチ）以上《いじょう》のたばを持《も》ってきた人《ひと》に、一人《ひとり》のこらずごほうびが出《で》ます。そのほか、いちばんたくさん古新聞《ふるしんぶん》を持《も》ってきた組《くみ》にも、ごほうびがあります。いいですか――新聞《しんぶん》も、雑誌《ざっし》も、かならずたばにして、ひもでしばってこなければいけません。」

ヘンリーから、通路《つうろ》をへだてて反対《はんたい》がわにすわっているロバートが、すぐさま手《て》をあげて、「ごほうびって、なんですか？」と、ききました。

「三十インチ以上《いじょう》の高《たか》さのたばを持《も》ってきた人《ひと》は、全員《ぜんいん》、講堂《こうどう》で、映画《えいが》が見《み》られます。」

プリングル先生《せんせい》は、そこで、とてもだいじなことをいうまえのように、ちょっとことばをきりました。それから、

「映画《えいが》は、授業時間中《じゅぎょうじかんちゅう》に、上映《じょうえい》されます」と、いいました。

このニュースを聞《き》いて、クラスじゅうが、ホーッとため息《いき》をつきました。授業時間《じゅぎょうじかん》中《ちゅう》に映画《えいが》だって！

ロバートは、また手《て》をあげました。

「もし、ぼくたちの組《くみ》が、学校《がっこう》じゅうでいちばんたくさん古新聞《ふるしんぶん》を持《も》ってきたら、何《なに》

がもらえるんですか？」

プリングル先生《せんせい》は、にこっとわらいました。「六ドル、すきなようにつかってもいいのです。」

だれもかれも、六ドルあれば、いろんなものが買《か》える、といいました。プリングル先生《せんせい》は、窓《まど》ぎわにおく、鉢植《はちう》えを買《か》ったらどうかしら、といいました。大《おお》きな金魚鉢《きんぎょばち》を買《か》って、金魚《きんぎょ》をいっぱい入《い》れたらいい、という子《こ》もいました。男《おとこ》の子《こ》の一人《ひとり》が、休《やす》み時間《じかん》に使《つか》うのに、野球《やきゅう》のボールをよぶんに買《か》えばいい、といいました。でも、それには、女《おんな》の子《こ》たちが反対《はんたい》しました。もし、勝《か》ったら、そのお金《かね》で、何《なに》を買《か》ったらいいか、いろいろ話《はな》しているうちに、この競争《きょうそう》が、だんだんおもしろくなってきました。

ヘンリーは、自分《じぶん》の組《くみ》が勝《か》つといいな、と思《おも》いました。けれども、つづいてすぐ、考《かんが》えたのは、近所《きんじょ》のうちのベルを一けん一けん鳴《な》らして、古新聞《ふるしんぶん》ありませんか、ときいてまわるのはごめんだということでした――子《こ》ネコをもらってもらうために、あんな思《おも》いをしたあとでは、とてもそれはできません。近所《きんじょ》の人《ひと》たちは、みんな、ヘンリーのことを、あのセロハン紙《し》をかぶせた箱《はこ》の中《なか》に、子《こ》ネコを入《い》れてたずねてきた子《こ》だと、おぼえているでしょう。それに、もし、ヘンリーのことをわらわないにしても、わらいたそうな目《め》で見《み》るにきまっています。たぶん、あしたになったら、古新聞《ふるしんぶん》をたくさん集《あつ》める方法《ほうほう》を思《おも》いつくかもしれません。きょうは、だめです。古新聞集《ふるしんぶんあつ》めのことなんか考《かんが》えていられません。きょうは、『ジャーナル』をおって、配達《はいたつ》するのです。

ようやく最後《さいご》のベルが鳴《な》って、ヘンリーが自転車《じてんしゃ》でうちへ帰《かえ》りかけると、後《うし》ろから友《とも》だちのロバートが追《お》いついてきて、ヘンリーとならんで自転車《じてんしゃ》を走《はし》らせました。

「古新聞集《ふるしんぶんあつ》めやる？」と、ロバートはききました。

「きょうはだめだ。ぼく、時間《じかん》がないんだ。スクーターのかわりに、新聞配達《しんぶんはいたつ》するんだよ。」

「ほんとか？」ロバートは、感心《かんしん》したようでした。

「ほんとさ」と、ヘンリーはいいました。「たぶん、あした、集《あつ》められると思《おも》うよ。一けん一けんベルおしてたのまないでも、なんとかごっそり集《あつ》める方法《ほうほう》ないかなあ。」

「広告出《こうこくだ》せばいいんだよ」と、ロバートは、じょうだんのようにいいました。

「ちぇっ、そんなのだめだよ。それに、すごくお金《かね》かかるんだぞ。」

ヘンリーは、ロバートのいったことを、半分《はんぶん》、本気《ほんき》にしていいました。新聞《しんぶん》の広告《こうこく》欄《らん》に、広告《こうこく》を出《だ》すなどということは、とてもできません。しかし、なんとかやりかたがあるはずだ……。

「そうだ！」ヘンリーは、とつぜん、大声《おおごえ》をあげました。「いいことがある！」

「なんだよ？」と、ロバートがききました。

「広告《こうこく》するんだよ」と、ヘンリーは、息《いき》をはずませていいました。

「けど、おまえ、さっきいったじゃないか――」と、ロバートがいいかけました。

「いいんだ、いいんだ」と、ヘンリーは、ロバートのことばをさえぎりました。「まあ、

だまって見《み》てろ。さあ、急《いそ》がなくっちゃ。またな。」
ヘンリーは、サドルからおしりをあげると、力《ちから》いっぱい自転車《じてんしゃ》をこいで、家《いえ》に帰《かえ》りました。
牛乳《ぎゅうにゅう》を一ぱい飲《の》んで、ウィンナーソーセージ二《ふた》つを、アバラーとノージーと三人《にん》で分《わ》けて食《た》べると、ヘンリーは、居間《いま》の机《つくえ》の上《うえ》にあるタイプライターの前《まえ》にすわりました。そして、机《つくえ》のひきだしから、タイプ用紙《ようし》とカーボン紙《し》を出《だ》して、ていねいに重《かさ》ねました。はじめにタイプ用紙《ようし》、その後《うし》ろにカーボン紙《し》、それからべつのタイプ用紙《ようし》、というぐあいにして、タイプ用紙《ようし》五まいと、カーボン紙《し》四まいを重《かさ》ねました。それから、それを、タイプにはさみました。

カチ、トン、カチ、カチ、ピーン！　と、タイプライターが鳴《な》りました。ヘンリーは、この音《おと》がすきでした。この音《おと》を聞《き》いていると、自分《じぶん》がおとなになったような、会《かい》社《しゃ》ではたらいているような感《かん》じがします。

タン、カチ、カチ、カチ。

一字《じ》一字《じ》、さがさなければならないので、そんなに早《はや》くは打《う》てません。打《う》ちおわると、ヘンリーは、それを、読《よ》みかえしてみました。

ももとむ？　ふるしんふん、ふるさつし。グレムンウッド
しよかつごうのふ　るしんふんかいしゆ　の　ため。こちら
かから、とりうかがいます。

きっと打《う》ちまちがいがあるだろうとは思《おも》っていましたが、こんなにたくさんあろうとは思《おも》ってもみませんでした。ぶとかざとか、濁点《だくてん》のついている字《じ》は濁点《だくてん》をわすれるし、同《おな》じ字《じ》を二度《ど》打《う》つし。でも、これを読《よ》んだ人《ひと》は、なんのことをいっているのかは、わかってくれるでしょう。この次《つぎ》は、もっとうまくやります。

ヘンリーは、てきぱきと、もう一度《いちど》、同《おな》じものを打《う》ちました。カチ、カチ、タン、ピーン！　ヘンリーは、ちらっと時計《とけい》を見《み》ました。キャパーさんの車庫《しゃこ》に時間《じかん》どおりに行《い》って、新聞《しんぶん》をおるためには、大急《おおいそ》ぎでタイプを打《う》ってしまわなければなりません。同《おな》じものを何度《なんど》も打《う》つうちに、じょうずになって、いちばんおしまいに打《う》ったのには、たった四《よっ》つしかまちがいをしませんでした。紙《かみ》をタイプからぬくと、ヘンリーは、中《なか》のカーボン紙《し》をぬきとり、あとの紙《かみ》を五まい重《かさ》ねたまま、はさみを出《だ》して、広告《こうこく》を一《ひと》つ一《ひと》つ切《き》りはなしました。切《き》ったのを全部《ぜんぶ》、ポケットにつめこみました。

ヘンリーが出《で》かけようとすると、アバラーも、あとについて玄関《げんかん》からとびだしてきました。けれども、ヘンリーは、アバラーをおしもどしました。

「おまえは、うちにいるんだ」と、ヘンリーは命令《めいれい》しました。「とちゅうで、よその犬《いぬ》とけんかされたりすると、こまるんだよ。」

きょうばかりは、キャパーさんの車庫《しゃこ》についたときも、ヘンリーは、自分《じぶん》がよそものだという気《き》はしませんでした。

「よう。」ヘンリーは、道《みち》のわきで自転車《じてんしゃ》をおりると、ほかの少年《しょうねん》たちに、短《みじか》く、事務的《むてき》にあいさつしました。スクーターの番号《ばんごう》のついた『ジャーナル』のつつみがおいてありました。

「こんにちは、キャパーさん。ぼく、きょう、スクーターのかわりに配達《はいたつ》するんです。

スクーター、YMCA《ワイエムシーエイ》で二時間《じかん》泳《およ》ぐもんですから。」

つつみから新聞《しんぶん》をとりだすまえに、ヘンリーは、大急《おおいそ》ぎでそれをかぞえ、たしかに五十三部《ぶ》あるかどうかたしかめました。それから、その一部《ぶ》に、自分《じぶん》の広告《こうこく》をのせて、くるくるとまきました。

「それは、なんだ？」

ヘンリーが、二番《ばん》めの新聞《しんぶん》に広告《こうこく》を入《い》れようとしたとき、上《うえ》からそれを見《み》ていたキャパーさんがき

きました。キャパーさんは、広告《こうこく》を一まいとりあげて、読《よ》みました。

ヘンリーは、落《お》ちつかない気分《きぶん》でした。自分《じぶん》のタイプがまちがいだらけなのは、わかっていました。でも、キャパーさんがわらわないでくれるといいのだが、とヘンリーは思《おも》いました。もしかしたら、広告《こうこく》を入《い》れるなどという自分《じぶん》の考《かんが》えは、こっけいなのかもしれません。たぶん、人《ひと》は、ただちらと見《み》て、わらいとばすだけかもしれません。

キャパーさんは、にやっとわらいました。そして、

「なかなかやるじゃないか、ええ?」と、いいました。

ほかの男《おとこ》の子《こ》たちも、ヘンリーの広告《こうこく》を見《み》ました。

「おまえ、これ、スクーターの新聞《しんぶん》に入《い》れる気《き》か?」と、八年生《ねんせい》のジョーがききました。「あいつ、きっと、かんかんになっておこるぜ。」

「けど、配達《はいたつ》するのはぼくだよ」と、ヘンリーはいいかえしました。

「そりゃそうだけど、でも、スクーターの受《う》け持《も》ち区域《くいき》だからな」と、ジョーがいいました。

「まあ、まあ」と、キャパーさんがいいました。「わたしは、スクーターが文句《もんく》をいうすじあいはないと思《おも》うね。もし、自分《じぶん》からたのんで、ヘンリーに仕事《しごと》をかわってもらったのなら、ヘンリーが広告《こうこく》を入《い》れようとどうしようと、反対《はんたい》はできんよ。」

「そんなことしたって、たぶん役《やく》にはたたないさ」と、ジョーがいいました。

そういわれたとたん、ヘンリーのきぼうは、ぺっしゃんこになりました。おそらく、ジョーのいうとおりでしょう。なんといっても、ジョーは八年生《ねんせい》だし、いろんなことを知《し》っているからです。おそらく、こんな広告《こうこく》なんか、まともに相手《あいて》にされないでしょう。もし、読《よ》むだけは読《よ》んでくれたとしても、きっと、子《こ》ネコをもらってください、とたのんで歩《ある》いたときみたいに、みんな、ヘンリーのことをわらうにきまっています。まったく、あのヘンリー・ハギンズって子《こ》は、どこから、ああ次《つぎ》つぎと、おかしな考《かんが》えばかり仕入《しい》れてくるのかね、というにきまっています。まあ、いいや。もうやってしまったんだから。いまさら、新聞《しんぶん》をまきもどして、広告《こうこく》をぬきとるわけにはいかない、そんなひまはない……。

手早《てばや》く、しかもきちんと、ヘンリーは新聞《しんぶん》をズックぶくろにつめ、ふくろを肩《かた》にかけました。ふくろは、思《おも》っていたより重《おも》く、自転車《じてんしゃ》に乗《の》るとき、ちょっとぐらぐらしました。でも、そんなことは、かまいません。一区域全部《ひとくいきぜんぶ》、自分《じぶん》で配達《はいたつ》するのですから。さあ、出《で》かけるぞ！

「しっかりやれよ、ヘンリー。」ヘンリーが走《はし》りだすと、キャパーさんが、後《うし》ろから、声《こえ》をかけてくれました。

ヘンリーは、肩《かた》ごしにキャパーさんをふりかえって、にこっとわらいました。自転車《じてんしゃ》は、ボコンボコンゆれながら、表《おもて》の通《とお》りへ出《で》る道《みち》を、くだっていきました。『ジャーナル』の地区支配人《ちくしはいにん》のキャパーさんが、自分《じぶん》に、「しっかりやれ」と、いってくれた！ヘンリーは、うれしくてたまらなくなり、なんということなしに、丸《まる》めた新聞《しんぶん》で、通《とお》りすがりに、道《みち》ばたの木《き》をパシッとたたきました。

スクーターの受《う》け持《も》ち区域《くいき》の始《はじ》まりであるクリッキタット通《どお》りへ行《い》くには、ビーザスの家《いえ》の前《まえ》を通《とお》ります。ビーザスとラモーナは、家《いえ》の前《まえ》の歩道《ほどう》にいて、ビーザスが、妹《いもうと》に、なわとびを教《おし》えていました。ラモーナは、なわを力《ちから》いっぱい回《まわ》して、地面《じめん》にたた

きつけておいてから、そうっと、その上《うえ》を歩《ある》いてわたっていました。

「だめだめ。そうじゃないったら、ラモーナ」と、ビーザスはさけびました。

「とぶのよ！　ぽんととばなきゃだめよ。」

「おーい。」ヘンリーは、『ジャーナル』の重《おも》みにひっぱられそうになりながらも、しゃんと背中《せなか》をのばして、二人《ふたり》に声《こえ》をかけました。

「ヘンリー！」ビーザスは、すっとんきょうな声《こえ》をあげました。「あんた、ほんとに配達《はいたつ》してるの？」

「そう。」ヘンリーは、ひかえめに、短《みじか》くこたえました。

ラモーナが、なわとびのなわをだらんとぶらさげたまま、口《くち》をぽかんとあけて、自《じ》分《ぶん》を見《み》つめているのが、ちらっと見《み》えました。あのくらいの年《とし》の子《こ》どもから見《み》れば、自分《じぶん》は、ずいぶん大《おお》きく、えらく見《み》えるんだろうな、とヘンリーは思《おも》いました。もっとおおぜい、知《し》っている人《ひと》に会《あ》わないかなあ……。

クリッキタット通《どお》りに新聞《しんぶん》を配《くば》るのは、かんたんでした。これまでに、スクーターが配達《はいたつ》しているのを、何度《なんど》も見《み》ていたので、どことどこへ入《い》れたらいいか、わかっていたからです。ヘンリーは、ふくろから新聞《しんぶん》をぬきだして、それを、芝生《しばふ》の上《うえ》にポーンと投《な》げました。それから、通《とお》りの反対《はんたい》がわへ行《い》って、グリーンさんとこのポーチに、一《ひと》つ投《な》げました。グリーンさんのおばさんが、新聞《しんぶん》はポーチにおいてくれと、やかましくいっていることは、だれでも知《し》っています。ヘンリーは、スクーターが、受《う》け持《も》ち区域《くいき》の人《ひと》から苦情《くじょう》をもちこまれるようなことを、するつもりはありませんでした。

ヘンリーは、通《とお》りをジグザグに進《すす》んでいきました——右《みぎ》に左《ひだり》に新聞《しんぶん》を投《な》げながら。

ああ、なんという気持《きも》ちのよさ！

配達《はいたつ》しているうちに、ズックのふくろは、しだいに軽《かる》くなりました。それと同時《どうじ》に、心《こころ》も、軽《かる》くはずんできました。当《とう》のスクーターの家《いえ》に新聞《しんぶん》をほうりこんだときは、とくべついい気分《きぶん》でした。ヘンリーは、スクーターがYMCA《ワイエムシーエイ》から帰《かえ》ってきて、自分《じぶん》でその新聞《しんぶん》をとりあげて、家《いえ》に持《も》って入《はい》ってくれるといいな、と思《おも》いました。

ヘンリーが配達《はいたつ》を終《お》えたのは、六時《じ》十五分《ふん》まえで、そろそろ街灯《がいとう》がつきはじめていました。ちょっとおそかったかもしれないけれど、まだ、六時《じ》までには十五分《ふん》ある。わるくないぞ、けっしてわるくない。そう思《おも》って、ヘンリーは、心《こころ》たのしくペダルをふんで、家《いえ》に向《む》かいました。肩《かた》にかけたズックぶくろは、おどろくほど軽《かる》く感《かん》じられました。ヘンリーは、口笛《くちぶえ》をふきました。これで、キャパーさんにも、ヘンリーが配《はい》達《たつ》をやれることがわかったはずです。

「ただいま、ママ。」ヘンリーは、台所《だいどころ》へ入《はい》っていきながら、さけびました。「ああ、おいしそうなにおい。」

ヘンリーは、冷蔵庫《れいぞうこ》の横《よこ》でちょっと立《た》ちどまって、そこにすわっていたノージーをなでてやりました。

「手《て》をあらっていらっしゃい。すぐごはんだから」と、おかあさんはいいました。「ああ、そうそう、ヘンリー。さっき、ジョーンズさんって人《ひと》と、オストワルドさんて人《ひと》から、お電話《でんわ》があったわよ。住所《じゅうしょ》を書《か》いときましたからね。なんでも、グレンウッド小学校《しょうがっこう》の古新聞回収《ふるしんぶんかいしゅう》のために、古新聞《ふるしんぶん》を出《だ》してくださるそうよ。」

「ほんとう?」ヘンリーは、おどろいてさけびました。

新聞配達《しんぶんはいたつ》のことで頭《あたま》がいっぱいだったので、あの広告《こうこく》のことは、すっかりわすれていました。さあ、あのタイプで打《う》った紙切《かみき》れが、効力《こうりょく》を発揮《はっき》しはじめたぞ。そりゃ、タイプの打《う》ちまちがいはあったかもしれないけれど。へっ、どんなもんだ。ヘンリーは、心《こころ》のなかで、このよいニュースをかみしめました。

ヘンリーは、めったにないほど、おなかがすいていました。

「パパ、ぼくに、ミートローフ、とくべつ分厚《ぶあつ》いやつ、いっちょう切《き》ってよ。」みんなが食《しょく》たくについたとき、ヘンリーはいいました。

「ヘンリー、いっ、いっ、いっちょうじゃありません」と、おかあさんがいいました。「一切《ひとき》れ、いってておっしゃい。」

「はーい。一切《ひとき》れください。」ヘンリーは、うきうきした声《こえ》でいいました。もう、じっさいに配達《はいたつ》をしたんだから、自分《じぶん》が正式《せいしき》に配達員《はいたついん》になれる日《ひ》も、そう遠《とお》くはないはずだ。それに、十一歳《さい》の誕生日《たんじょうび》も一日《にち》一日近《にちちか》づいている。それまでは、学校《がっこう》の古新聞回《ふるしんぶんかい》収《しゅう》に力《ちから》を入《い》れるとしよう。きょうのような調子《ちょうし》だと、あの広告《こうこく》のおかげで、けっこういそがしくなりそうだぞ……。

まったく、そのとおりになりました。その晩《ばん》、ヘンリーのうちには、いらない古新《ふるしん》聞《ぶん》、古雑誌《ふるざっし》をとりにきてくれという電話《でんわ》が、六けんからかかってきました。

次《つぎ》の朝《あさ》、学校《がっこう》へ行《い》くとちゅう、ヘンリーは、どうやって、その新聞《しんぶん》、雑誌《ざっし》を処理《しょり》したらいいかと、考《かんが》えました。けっきょく、ワゴン（四輪車《よんりんしゃ》）をかりて——ヘンリーのワゴンは、もうずっとまえに、不用品市《ふようひんいち》へ出《だ》してしまって、ありません——それで、うちまで運《はこ》んできて、車庫《しゃこ》へつみあげるしかありません。ひもでしばるのは、あとでやります。ビーザスとラモーナは、ワゴンを持《も》っています。あれなら、かしてもらえるはずです。それに、ビーザスが、きっとよろこんで手伝《てつだ》ってくれるでしょう。なんといっても、二人《ふたり》は同《おな》じ組《くみ》なのですし、それに、ビーザスは、ものわかりのいい女《おんな》の子《こ》だからです。

ヘンリーが、自転車置き場《じてんしゃおきば》に自転車《じてんしゃ》を止《と》めたとき、スクーターがやってきました。

「よう、きみの新聞《しんぶん》、ちゃーんと配《くば》ってやったぜ」と、ヘンリーはいいました。

「おまえ、どういうつもりだよ。おれの新聞《しんぶん》に、へんちくりんな広告《こうこく》なんか、入《い》れやがって」と、スクーターはつめよりました。

「けど、配達《はいたつ》したのは、ぼくですからね」と、ヘンリーはやりかえしました。

「おれの受《う》け持《も》ち区域《くいき》だぞ。」スクーターは、声《こえ》をあらげました。

「けど、キャパーさん、いいっていったぞ」と、ヘンリーはいいました。

自分《じぶん》はまちがったことはしていない、と思《おも》いましたが、でも、同時《どうじ》に、スクーターを、あまりおこらせたくありませんでした。

「キャパーさんがどういったって、そんなことは、どうでもいい」と、スクーターはどなりました。「ずるいじゃないか。いんちきだよ！」

このときまでに、校庭《こうてい》にいた子《こ》どもたちが、このいいあらそいがどうなるか、おもしろがって、自転車置《じてんしゃお》き場《ば》に集《あつ》まってきました。

「なにがいんちきだよ！」ヘンリーは、かっとしてさけびました。なにも、スクーターに、いんちきよばわりされるすじあいはありません。「おまえは、きのう、配達《はいたつ》やりたくなかったんじゃないか。キャパーさんは、おれが広告入《こうこくい》れてもいいっていったんだ。おまえが配達《はいたつ》したんだったら、おまえが入《い》れりゃよかったんだ――それを思《おも》いつくだけの頭《あたま》がありゃな！」

おまえは、広告《こうこく》を入《い》れることなど思《おも》いつく頭《あたま》がなかったんだろう、といわんばかりの、このヘンリーのいいぐさに、スクーターは、すっかり腹《はら》をたてました。

「ヘン！　どっちみち、まのぬけた広告《こうこく》だ。あんなもの、役《やく》にたつもんか！」と、スクーターは、せせらわらっていいました。

「役《やく》にたつさ。」ヘンリーは、じまんしないではいられませんでした。「もう、ちゃんと役《やく》にたってますからね。八けんも電話《でんわ》かかってきたんですからねーだ。きょうになりゃ、もっともっと、かかってくるさ！」

ざまあみろ！　これで、スクーターも、ぐうの音《ね》も出《で》ないだろう。

ところが、反対《はんたい》でした。スクーターは、このことばで、よけい頭《あたま》にきたらしく、こうさけびました。

「いいよ、わかったよ、ヘンリー・ハギンズ！　そのかわり、もう新聞《しんぶん》おらしてくれなんていって、おれのしりにくっついて歩《ある》いて、配達《はいたつ》のじゃまするなよ。いいな！」

これには、ヘンリーのほうが、ぐっとつまりました。スクーターが、自分《じぶん》のことを、しりにくっつくだなんて。あまりのことに、ヘンリーは、ことばもありませんでした。

いい、いい、しりにくっつく！　そんないいかたってあるでしょうか。

「わかったよ。」ヘンリーは、かんかんになっていいました。「おまえのけちな新聞《しんぶん》なんか、百万《まん》ドルくれたっておってやるもんか！」

「おってくれなくて、けっこうさ！」と、スクーターはやりかえしました。

「せいぜい、だれかほかのやつを見《み》つけて、おらせるがいいさ！」と、ヘンリーもいいました。

「ヘンリーのいうとおりだよ」と、だれかがいいました。

「そうじゃないよ」と、べつの子《こ》がいいました。「ぼくは、スクーターのいうことが、あっていると思《おも》うな。」

とつぜん、だれもかれも、となりの子《こ》をつかまえて、議論《ぎろん》しはじめました。このとき、人《ひと》ごみを分《わ》けて、ビーザスが前《まえ》に出《で》てきました。

「スクーター・マッカーシー！」ビーザスは、おそろしい声《こえ》でいいました。「あんた、いじわるねっ！　自分《じぶん》がずるけて、配達《はいたつ》したくないもんだから、ヘンリーに目《め》をつけて、かわりにやらせたんじゃないの。お礼《れい》をいうのがあたりまえでしょ。それを、なによ！」

ヘンリーの気持《きも》ちは、ふくざつでした。ビーザスが、自分《じぶん》の肩《かた》をもってくれるのは

ありがたい気《き》がしましたけれど、同時《どうじ》に、ビーザスには口《くち》を出《だ》してもらいたくないという気《き》もしました。あとで、学校《がっこう》じゅうの子《こ》どもから、女《おんな》の子《こ》のことでからかわれるのがいやだったからです。

「なんとかいったらどう!」ビーザスは、スクーターの前《まえ》で、ドンと足《あし》をふみならしました。

明《あき》らかに、スクーターは、女《おんな》の子《こ》につめよられて、閉口《へいこう》していました。

「どっちにしたって。ヘンリー、いいな——。」

スクーターがこういいかけたとき、ベルが鳴《な》りました。スクーターは話《はなし》をやめ、子《こ》どもたちは、ちらばって、校舎《こうしゃ》に入《はい》っていきました。

「どっちにしたって」と、ヘンリーはつぶやきました。「古新聞集《ふるしんぶんあつ》めに、どの組《くみ》が勝《か》つか、見《み》てろっていうんだ。」

このことばが、スクーターの耳《みみ》に入《はい》ったかどうかわかりません。でも、入《はい》っていればいいのに、とヘンリーは思《おも》いました。

「ビーザスは、ヘンリーにあっつあつ！」と、だれかが、ふしをつけていいました。「ビーザスは、ヘンリーにあっつあつ！」

いい、いい、しりにくっつくだなんて！　そのいやらしいことばが、ヘンリーの耳《みみ》の中《なか》で、ワンワンひびきました。これでは、まるで、ヘンリーが、スクーターにうるさくつきまとって、じゃまをしているみたいじゃありませんか。そんなこと、死《し》んでもするもんか。ヘンリーは、ただ、キャパーさんに、自分《じぶん》が、りっぱな実務家《じつむか》だということを見《み》せたかっただけです。やれやれ、そのチャンスも消《き》えました。たとえ、もし、スクーターのきげんがなおったとしても、ヘンリーは、もう二度《にど》とキャパーさんの車庫《しゃこ》に出《で》かけていく気《き》はありませんでした。

ちぇっ、あんな新聞配達《しんぶんはいたつ》なんか、なにさ、とヘンリーは、自分《じぶん》にいいきかせようとしました。けれども、どういうわけか、心《こころ》からそう思《おも》うことはできませんでした。

4

古新聞回収《ふるしんぶんかいしゅう》

学校《がっこう》がすむとすぐ、ヘンリーは、ビーザスといっしょに、大急《おおいそ》ぎでうちに帰《かえ》りました。ビーザスは、ヘンリーといっしょに古新聞《ふるしんぶん》を集《あつ》めるのに、大《おお》いにのり気《き》になって、よろこんでワゴンをかしてくれるというのです。ヘンリーは、おかあさんに、これからの予定《よてい》を話《はな》して、るすの間《あいだ》に、広告《こうこく》を見《み》て電話《でんわ》をくれた人《ひと》の名《な》まえと住所《じゅうしょ》を書《か》いた紙《かみ》を受《う》けとると、すぐ、ビーザスのうちに向《む》かいました。アバラーと、アバラーにい

っしょにいて守《まも》ってもらえる間《あいだ》はたいへんゆうかんなノージーが、あとからついてきました。

ビーザスのうちで、牛乳《ぎゅうにゅう》を飲《の》み、パンとチーズを食《た》べると、二人《ふたり》は、ワゴンを出《だ》しに車庫《しゃこ》に行《い》きました。

ビーザスの妹《いもうと》のラモーナが、芝生《しばふ》の上《うえ》で、ぴょんぴょんとんでいました。ラモーナの胸《むね》あてズボンのおしりのところには、なわとびのなわが、安全《あんぜん》ピンでとめてありました。

「あたし、おサルさんだよ」と、ラモーナはいいました。

ビーザスが、赤《あか》いワゴンを、車庫《しゃこ》からひきだ

そうすると、ラモーナは、

「それ、あたしの車《くるま》だあ」と、ビーザスはこたえました。

「わかってるわ」と、ビーザスは、いいました。「だけど、ちょっとかしてね。」

「だめっ。あたし、いるんだから」と、ラモーナはいいました。

「いやーね、ラモーナ。わけのわかんないことといわないで」と、ビーザスは、いらいらしていいました。「ちゃんと、あとで返《かえ》してあげるから。」

「いやーん！　今《いま》、いるんだあ！」と、ラモーナは、キイキイ声《ごえ》でいいました。

ビーザスのおかあさんが、台所《だいどころ》のポーチに出《で》てきました。

「どうしたの？　なに、けんかしているの？」と、おかあさんはききました。

「あたしたち、ワゴン使《つか》って、古新聞運《ふるしんぶんはこ》ぼうとしてるのに、ラモーナったら、かしてくれないっていうんだもの」と、ビーザスはいいました。

「あたしの車《くるま》だあ」と、ラモーナは、いいはりました。

「ラモーナもいっしょにつれていけばいいじゃないの」と、ビーザスのおかあさんはいいました。「そしたら、車使《くるまつか》わせてくれるわよ。ね、そうでしょ、ラモーナ？」

「うん、いいよ」と、ラモーナは、うれしそうにいいました。ラモーナは、いつだって、年上《としうえ》の子《こ》どもたちのすることに、入《い》れてもらうのがすきだからです。

「いやだあ、おかあさん」と、ビーザスは反対《はんたい》しました。「ラモーナがついてくると、じゃまになるだけだもん。」

「だけど、そのワゴン、ラモーナのものですもの。しかたないでしょ」と、おかあさんがいいました。

「じゃ、いいわ、ラモーナ」と、ビーザスはぷんぷんしていいました。「さ、いらっしゃい。そのしっぽとったげるから。」

「あたし、おサルさんだもん。しっぽはずせないもん。」ラモーナは、そういって、しっぽをひきずったまま、車庫《しゃこ》の前《まえ》のセメントの道《みち》のところへ行《い》って、トントンはねました。

ヘンリーは、どこかほかに、ワゴンをかりられるところがあればよかったのに、と思《おも》いました。道《みち》で、なわとびのしっぽをつけたラモーナといっしょにいるところを、人《ひと》に見《み》られるのは、はずかしくて、いやでした。

「ラモーナをさきに歩《ある》かせて、かんけいないような顔《かお》してついていけばいいわ。あたし、いつもそうするのよ」と、ビーザスがちえをさずけてくれました。

「あたし、車《くるま》ひっぱるよう。」ラモーナは、ぴょんぴょんはねながら、二人《ふたり》のところへもどってきました。

「いいわ。」ビーザスは、そういって、車《くるま》のえを、ラモーナにわたしました。「次《つぎ》の角《かど》で、曲《ま》がるのよ。オストワルドさんちに行《い》くんだから。」

角《かど》を曲《ま》がったとき、引《ひ》っこしトラックが、ある家《いえ》の入《い》り口《ぐち》に横《よこ》づけになっているのが見《み》えました。トラックの横《よこ》には、「タッカー運送株式会社《うんそうかぶしきがいしゃ》。引《ひ》っこしのご用命《ようめい》は、タッカーへ」と、書《か》いてありました。

「ああっ！」と、ヘンリーはさけびました。「パンフリーさんとこ、きょう引《ひ》っこすんだ。あそこのネコ、うちのノージーのおかあさんなんだよ。」

「あたし、あしのつめが七《なな》つもあるネコ持《も》ってる人《ひと》、知《し》ってるわ」と、ビーザスがいいました。

ラモーナは、トラックの横《よこ》に立《た》って、白《しろ》い作業服《さぎょうふく》を着《き》た男《おとこ》の人《ひと》が二人《ふたり》、家《いえ》の中《なか》から、ベッドのマットを運《はこ》びだしてくるのを見《み》ていました。トラックは、後《うし》ろの口《くち》があいていて、そこから地面《じめん》へ板《いた》がわたしてありました。二人《ふたり》の男《おとこ》の人《ひと》は、その板《いた》の上《うえ》にマットをのせておしあげていました。

「こんにちは。」ラモーナは、なわとびのしっぽをぷらんぷらんさせながら、いいました。運送屋《うんそうや》の人《ひと》が、自分《じぶん》のしっぽに気《き》がついてくれるように、わざとしているのです。ラモーナには、はずかしいということがないのです。

「ああ、こんにちは。」一人《ひとり》の人《ひと》が、ラモーナを見《み》て、にやっとわらいました。「これは、なんだろうね？」

「おサルのしっぽをくっつけた、小《ちい》さいおじょうちゃんのように見《み》えるがねえ」と、もう一人《ひとり》の人《ひと》がこたえました。

ラモーナは、とくいそうに顔《かお》をかがやかせました。

「さ、行《い》くわよ、ラモーナ。あたしたち、たくさん新聞集《しんぶんあつ》めなきゃならないんだから」と、ビーザスがいいました。

「そうだよ。早《はや》く行《い》こう」と、ヘンリーはせかせかしていいました。ポケットに入《はい》っている紙《かみ》には、行《い》かなくてはならない家《いえ》が、何《なん》げんも書《か》いてあります。

「あたし、ここで見《み》てる。」ラモーナは、そう宣言《せんげん》して、動《うご》かなくなりました。

「いいよ。じゃ、そこで見《み》てろな」と、ヘンリーはいいました。「ぼくたち、車持《くるまも》っていって、新聞《しんぶん》とってくるから。」

この作戦《さくせん》は、成功《せいこう》しませんでした。

「あたしの車《くるま》だあ」と、ラモーナはいいました。けれども、にぎっていたえをはなし、中《なか》を見《み》ようと、板《いた》の上《うえ》をわたって、トラックの中《なか》へ入《はい》っていきました。

ヘンリーはこの間《ま》に車《くるま》をひったくって、にげだしたい気持《きも》ちにかられました。自分《じぶん》が出《だ》した広告《こうこく》は、ききめがありすぎたのではないかという気《き》が、ちらっとしました。小《ちい》さな車《くるま》で、たくさんの古新聞《ふるしんぶん》や、古雑誌《ふるざっし》を運《はこ》ぶのは、な

みたいていのことではありません。

「こんにちは、パンフリーさん。」ヘンリーは、電気《でんき》スタンドを持《も》って、家《いえ》からあらわれた引《ひ》っこし荷物《にもつ》の持《も》ち主《ぬし》に声《こえ》をかけました。

「ラモーナ。たった今《いま》、トラックから出《で》ていらっしゃい！」と、ビーザスは命令《めいれい》しました。「じゃまになるじゃないの。」

「出《で》ていかない」と、ラモーナはこたえました。「中《なか》に何《なに》があるか見《み》たいんだもの。」

「さ、出《で》ていったほうがいい」と、運送屋《うんそうや》の人《ひと》がいいました。「けがするよ。」

「しないもん。」ラモーナは、そういって、つまさきで立《た》って、そこにあったたるの中《なか》をのぞきこもうとしました。

「出《で》ていらっしゃいったら、ラモーナ。」ビーザスは、いっしょうけんめいにいいましたが、ラモーナは知《し》らん顔《かお》をしています。

「どうです、パンフリーさん。」トラックの中《なか》にいて、ベッドのマットをつみこんでいた運送屋《うんそうや》さんが、大《おお》きな声《こえ》で話《はな》しかけました。「おサルのしっぽをつけた小《ちい》さい女《おんな》の子《こ》を一人《ひとり》、引《ひ》っこし荷物《にもつ》といっしょに、ワシントンのワラワラにつれていきませんか？」

ラモーナは、たるをのぞくのをやめ、運送屋《うんそうや》さんを見《み》て、にっこりしました。自分《じぶん》のことをかまってもらえて、うれしかったのです。ヘンリーが見《み》ていると、パンフリーさんは、いたずらっぽくかた目《め》をつぶってみせながら、こうこたえました。

「そりゃ、けっこうだが、しかし、そんな子《こ》がいるかね？」

「ところが、ちょうど、今《いま》、ここに、おサルのしっぽをつけた女《おんな》の子《こ》が一人《ひとり》いるんでさ」と、運送屋《うんそうや》さんはいいました。

「値《ね》だんはいくらかね？」パンフリーさんは、いっしょになって調子《ちょうし》をあわせていいました。

「おサルのしっぽのある女《おんな》の子《こ》なんて、そうざらにはおりませんからなあ。」運送屋《うんそうや》さんは、わたし板《いた》からおりて、パンフリーさんのうちの段《だん》だんをのぼりながらいいました。「とくに、ここらあたりにはねえ。」

「そうなんだよ」と、パンフリーさんはいいました。「それに、ワラワラへ行《い》けば、もっと少《すく》ないだろうからねえ。」

「じゃ、こうしましょう」と、運送屋《うんそうや》さんはいいました。「ここにいる、サルのしっぽをつけた女《おんな》の子《こ》は、なかなか元気《げんき》がいいし、どうです、ひとつ、五セントといきましょう。いかがなもんですかね？」

「そいつあ、なかなか安《やす》い。」パンフリーさんはそういって、ポケットに手《て》をつっこむと、小銭《こぜに》をひとにぎりつかみだしました。

ラモーナは、パンフリーさんが、五セント玉《だま》を一《ひと》つよりだして、それを運送屋《うんそうや》さんにわたすのを、目《め》をまんまるくして見《み》ていました。

「こりゃ、なかなかいい買《か》いものですぜ」と、運送屋《うんそうや》さんはいって、五セント玉《だま》をポケットにしまいました。「この子《こ》のしっぽは、とくべつ長《なが》くできてるからねえ。」

これを聞《き》くやいなや、ラモーナは、トラックからとびだしました。そして、すべるようにわたし板《いた》をおりると、ワゴンのえをひっつかみ、一目散《いちもくさん》に、うちのほうへ走《はし》りだしました。

「ラモーナ、待《ま》ちなさい！」と、ビーザスがさけびましたが、ラモーナは、止《と》まるどころか、ますます速《はや》く走《はし》ります。なわとびのはしについた持《も》ち手《て》が、歩道《ほどう》の上《うえ》で、カタカタ鳴《な》り、ラモーナの足《あし》は、歩道《ほどう》の上《うえ》をとぶように走《はし》りました。

やれやれ、これでワゴンもおじゃんだ、とヘンリーは思《おも》いました。となると、さて、どうしたらいいだろう？

「行《い》きましょう、ヘンリー」と、ビーザスはいいました。「行《い》って、ラモーナをつかまえなくちゃ。あの子《こ》、本気《ほんき》にしちゃったのよ。」

「おい、ラモーナ。帰《かえ》ってこいよ！」ビーザスといっしょになって、ラモーナを追《お》っかけながら、ヘンリーは、うんざりしたような声《こえ》でいいました。まったく、ラモーナときたら、なんだってぶちこわすんだから！　ワゴンが使《つか》えないとなったら、いったいどうやって、新聞《しんぶん》を集《あつ》めたらいいんだよう？

ワゴンをガタンガタンとひきずりながら、ラモーナは角《かど》を曲《ま》がりました。ヘンリーとビーザスは、そのブロックを半分《はんぶん》ほど行《い》ったところで、ラモーナに追《お》いつきました。ビーザスは、妹《いもうと》の腕《うで》をつかみました。

「ラモーナ、待《ま》ちなさいったら！」と、ビーザスはいいました。「だいじょうぶよ。あの人《ひと》たちがいってたのは、じょうだんよ。」

「そうじゃなーい！」と、ラモーナはわめきました。「あたし、あの……なんとかいうところへ行《い》きたくなーい！」

「けどね、ラモーナ」と、ビーザスは、なんとかわからせようと、いっしょけんめいいいました。「あの人《ひと》たちは、ただあんなふりをしただけよ。あんたをトラックから出《だ》そうとしてたのよ。」それから、おこっていいました。「あたしが、出《で》てきなさいっていったときに、すぐ出《で》てきてたら、こんなことにならなかったのよ。」

「ねえ、ラモーナ。」せっぱつまったヘンリーはいいました。「きみは、ビーザスとうちへ帰《かえ》ったら？　そいで、その間《あいだ》ぼくに、ワゴン使《つか》わしてくれよ。」

なんとしてでも、あの新聞《しんぶん》を集《あつ》めにいかなければなりません。でないと、電話《でんわ》をかけてくれた人《ひと》は、気《き》をわるくするでしょう。

ラモーナは、その場《ば》で立《た》ちどまりました。

「だめっ」と、ラモーナは、ぷうとふくれていいました。「これ、あたしの車《くるま》だもん。」

ヘンリーは、うんざりしました。こんなときに、ラモーナとかかわりをもつことが、そもそもまちがっています。ところが、こまったことに、そうするよりほかに、たくさんの古新聞《ふるしんぶん》を運《はこ》ぶ手《て》だてを思《おも》いつかないのです。近所《きんじょ》に、ワゴンを持《も》っている子《こ》は、ほかにいないし、それに、きょうは、おとうさんが車《くるま》で会社《かいしゃ》に行《い》っているので、おかあさんにたのんで車《くるま》を出《だ》してもらうこともできません。庭仕事用《にわしごとよう》の一輪車《いちりんしゃ》を使《つか》うことも考《かんが》えてみましたが、あれに新聞《しんぶん》や雑誌《ざっし》をいっぱいつんだら、はたして動《うご》かせるかどうか自信《じしん》がありません。もしかして、自分《じぶん》が、かた方《ほう》のえを持《も》ち、ビーザスが反対《はんたい》がわのえを持《も》ったら……しかし、そのためには、まず、ラモーナをどうにかしなければなりません。それは、なみたいていなことではありませんでした。

ヘンリーは、ラモーナを見《み》て、顔《かお》をしかめました。

ラモーナは、ワゴンに乗《の》りこみ、

「ひっぱって」と、命令《めいれい》しました。

「そう、いいわ。」ビーザスは、おこっていいました。

ワゴンの中《なか》にすわり、はしからしっぽをたらしているラモーナを見《み》ているうちに、ヘンリーは、あることを思《おも》いつきました。どうして、今《いま》まで、それに気《き》がつかなかったんだろう、とヘンリーは思《おも》いました。もしかしたら、この手《て》で、うまくいくかもしれないぞ。相手《あいて》がラモーナでは、何《なに》がうまくいくかわかりません。

「ねえ、ラモーナ」と、ヘンリーは話《はな》しかけました。「どうして、しっぽとらないんだい？」

ラモーナは、顔《かお》をしかめました。だれかがとれといえば、ラモーナは、ますますいじになって、ぜったいつけておくというにきまっています。

「パンフリーさんは、サルのしっぽをつけた女《おんな》の子《こ》を、ワシントンのワラワラにつれていきたいって、そういったんだよ」と、ヘンリーはいいました。「ただの女《おんな》の子《こ》のことは、なんにもいってないんだよ。」

ラモーナは、顔《かお》をしかめるのをやめて、考《かんが》え深《ぶか》そうにヘンリーを見《み》ました。それを見《み》たビーザスは、「しめしめ」というふうに、ヘンリーを見《み》てわらいました。この手《て》でうまくいくかもしれません。

「ヘンリーのいうとおりよ、ラモーナ」と、ビーザスも、そばから口《くち》をそえました。「パンフリーさんは、ただの女《おんな》の子《こ》の話《はなし》は、ぜんぜんしなかったわ。しっぽのついた女《おんな》の子《こ》がほしいっていったのよ。だって、そんな子《こ》は、めったにいないんですもの。ちゃんと自分《じぶん》でそういったわよ。」

ラモーナは、しっぽに手《て》をやりました。どうしたものかと考《かんが》えているふうでした。「しっぽつけていなかったら、さっきのと同《おな》じ子《こ》だって、気《き》がつかないかもしれないよ」と、ヘンリーはいいました。

「もちろん、気《き》がつかないわよ」と、ビーザスは、声《こえ》に力《ちから》をこめていいました。「だれかべつのふつうの女《おんな》の子《こ》だって思《おも》うわ。」

「そうだよ」と、ヘンリーも調子《ちょうし》をあわせました。「そんな子《こ》なら、このへんにだって、いっぱいいいるもんな。わざわざ、ワラワラまでつれていったりしないよ。こっちからたのんでも、つれていってくれないよ。」

勝負《しょうぶ》あった！　ラモーナは、車《くるま》からおりて、ビーザスのところへ行《い》くと、背中《せなか》を向《む》けて、たのみました。

「ピンはずして。」

ビーザスは、なわとびのなわをはずし、それを自分《じぶん》のポケットに入《い》れました。

やれやれ、やっと車《くるま》が使《つか》えることになりました！　これで、ようやく、仕事《しごと》にかかれます。そろそろ、仕事《しごと》にかからなくてはいけないときが、きていました。ヘンリーは、自分《じぶん》のしたことに満足《まんぞく》しました。これこれ、ラモーナをあやつるには、これにかぎる——つまり、頭《あたま》をはたらかすんだ。

「ねえ、ビーザス。」ようやく、最初《さいしょ》の荷《に》をひきとりにオストワルド家《け》に向《む》かいながら、ヘンリーは、ビーザスにいいました。「もうじき、パンフリーさんのあとに、だれか引《ひ》っこしてくるだろう。そのうち、ぼくくらいの年《とし》の男《おとこ》の子《こ》がいればいいなあ。」

今《いま》は、スクーターとけんかをしているので、ヘンリーは、とくに、だれか新《あたら》しい男《おとこ》の子《こ》に来《き》てもらいたい気《き》がしました。

「あたしは、女《おんな》の子《こ》がいてくれるといいと思《おも》うわ」と、ビーザスはいいました。「下《した》に、妹《いもうと》のいない人《ひと》が。」

オストワルドさんのうちにつくと、オストワルドさんのおばさんは、『ジャーナル』と『買《か》いものニュース』だけでなく、『ライフ』もたくさん、出《だ》してくれていました。ヘンリーとビーザスは、オストワルドさんの地《ち》下室《かしつ》にあった新聞《しんぶん》と雑誌《ざっし》をすっかり運《はこ》びだすのに、ワゴンで四往復《おうふく》しなければなりませんでした。それは、たいへんな仕事《しごと》でした。『ライフ』は、重《おも》いだけでなく、すべりやすかったからです。どんなに気《き》をつけてつんでも、するっとすべって、ダーッとくずれてしまいます。ヘンリーは、急《いそ》いでいたので、もらってきた新聞《しんぶん》や雑誌《ざっし》を、どんどん車庫《しゃこ》に投《な》げこみました。重《かさ》ねたり、しばったりは、またあとでできます。

二番《ばん》めのうちでは、古新聞《ふるしんぶん》のほかに『サタデー イブニング ポスト』も出《だ》してくれました。これは、『ライフ』ほど重《おも》くはありませんでしたが、それでもそうとうの重《おも》さがありました。それに、『ライフ』より、もっとすべりやすいのです。新聞《しんぶん》は、ほこりまみれで、さわると手《て》にインクがつきました。ビーザスと二人《ふたり》で、二けんめの家《いえ》の分《ぶん》を、車庫《しゃこ》の中《なか》まで運《はこ》びおえたころには、ヘンリーは、あつくて、くたびれていました。

「あらあら、ヘンリー。なに、そのかっこう!」家《いえ》へ入《はい》ると、おかあさんがびっくりしていいました。「ちゃんとおふろに入《はい》って、シャツを着《き》かえないと、晩《ばん》ごはん食《た》べられませんよ。」

「わかってるよ、ママ」と、ヘンリーはいいました。「あれから、もう電話《でんわ》かかってこなかった?」

「かかってきましたよ。何度《なんど》も」と、おかあさんはいいました。「住所《じゅうしょ》は、電話《でんわ》の横《よこ》のメモに書《か》いといたわ。」

晩《ばん》ごはんのとき、ヘンリーは、おとうさんに、自分《じぶん》の広告《こうこく》が、大成功《だいせいこう》だったことを話《はな》しました。それを聞《き》くと、おとうさんは、わらって、ヘンリーが、いってくれるといいなあと思《おも》っていたことをいってくれました。晩《ばん》ごはんのあと、おとうさんが、車《くるま》で、少《すこ》し運《はこ》んであげよう、といってくれたのです。

ヘンリーとおとうさんは、その夜《よる》、いっしょうけんめいはたらきました。どこの家《いえ》も、古新聞《ふるしんぶん》や古雑誌《ふるざっし》を、何《なん》か月《げつ》もためていたみたいでした。あるうちでは、『ライフ』や、『美《うつく》しい家《いえ》』などの重《おも》い雑誌《ざっし》を、山《やま》と出《だ》してくれました。べつのうちでは、『リーダーズダイジェスト』のような軽《かる》い雑誌《ざっし》を、ちょっぴり出《だ》してくれました。ある家《いえ》では、大《おお》きさがまちまちの雑誌《ざっし》を出《だ》してくれたので、重《かさ》ねるのに苦労《くろう》しました。ヘンリーは、『ナショナル　ジオグラフィック』を出《だ》してくれた人《ひと》がいちばんすきだ、と思《おも》いました。なぜなら、『ナショナル　ジオグラフィック』は、てきとうに厚《あつ》みがあって、あつかいやすい大《おお》きさだし、すべったり、くずれたりしないからです。ヘンリーとおとうさんは、もらえるだけのものをもらって、それを、自分《じぶん》たちのうちの車庫《しゃこ》にほうりこみました。おとうさんは、その晩《ばん》は、車《くるま》は、表《おもて》においておこう、といいました。

おかあさんは、ヘンリーに、もう一度《いちど》おふろに入《はい》らないとだめだ、といいました。

ヘンリーとビーザス、それにロバートもくわわった三人《にん》は、毎日《まいにち》、放課後《ほうかご》、せっせとはたらきました。土曜日《どようび》にもはたらきました。ラモーナが、あいかわらず自分《じぶん》のワゴンについていくといってきかなかったので、多少《たしょう》、能率《のうりつ》は落《お》ちましたけれども。ラモーナはしっぽのかわりに、今度《こんど》は、おかあさんの古《ふる》いハイヒールを、自分《じぶん》のサンダ

ルの上《うえ》からつっかけていました。そうすると、歩《ある》くとき、カランコロンと音《おと》がするからです。アバラーとノージーも、いっしょについてきて、ふざけました。ワゴンにいっぱいの古新聞《ふるしんぶん》、古《ふる》雑誌《ざっし》が、あとからあとから、ハギンズ家《け》の車庫《しゃこ》に運《はこ》びこまれました。それが車庫《しゃこ》いっぱいにたまって、ひざぐらいの高《たか》さになったので、今度《こんど》は、車庫《しゃこ》の前《まえ》の道《みち》に、ならべることにしました。おとうさんは、だんだん、表《おもて》の通《とお》りに近《ちか》いところに、車《くるま》を止《と》めるようになり

ました。

一度《いちど》、古《ふる》いコンバーティブル*に乗《の》って、表《おもて》の通《とお》りを通《とお》りかかったキャパーさんが、家《いえ》の前《まえ》で車《くるま》を止《と》め、

「どうだね、うまくいってるかね、広告屋《こうこくや》くん？」と、ききました。

「はあ、うまくいってます。」ヘンリーは、耳《みみ》たぶまでまっかになりながらこたえました。こんなところを見《み》られては、キャパーさんに、自分《じぶん》のことを、事務的《じむてき》でないと思《おも》われてもしょうがない、とヘンリーは思《おも》いました。なにし

＊コンバーティブル……おりたたみ式《しき》の屋根《やね》になっているオープンカー。

ろ、犬《いぬ》と子《こ》ネコが、まわりでぴょんぴょんふざけちらしているし、おかあさんのハイヒールをはいたラモーナが、そばでコロンコロン音《おと》をたてているんですから。

ある晩《ばん》、ヘンリーは、雨《あめ》まじりの強《つよ》い風《かぜ》が、窓《まど》を打《う》つ音《おと》に目《め》がさめました。ぼくの新聞《しんぶん》！　びしょびしょになっちまうだろうなあ、とヘンリーは思《おも》いましたが、そのうちに、またねむってしまいました。

朝《あさ》になると、雨《あめ》は、すっかり小《こ》ぶりになっていました。ヘンリーは、古新聞《ふるしんぶん》がどうなったか見《み》に、表《おもて》へとびだしました。世界《せかい》じゅうが、びしょぬれになったような感《かん》じでした。芝生《しばふ》もぬれ、みぞの落《お》ち葉《ば》もぬれていました。そして、つみかさねた新聞《しんぶん》の上《うえ》のほうは、水《みず》をすって、それ以上《いじょう》にぐしょぐしょになっていました。

「ヘンリー、」朝《あさ》ごはんのとき、おとうさんがいいました。「おまえ、そろそろ新聞集《しんぶんあつ》めるのはやめて、たばねてしばる仕事《しごと》にかかったほうがいいんじゃないか？　あれだけのもの、全部《ぜんぶ》たばにしてくるのは、容易《ようい》なことじゃないぞ。それに、まだ、それを、学校《がっこう》まで運《はこ》ぶ仕事《しごと》がのこってるんだからな。」

リストにのっていた最後《さいご》の名《な》まえを消《け》してしまうと、ヘンリーとロバートとビーザスは、レインコートにレインハットすがたで、ぐしょぬれになった新聞《しんぶん》をたばねて、麻《あさ》ひもでしばりにかかりました。これは、新聞《しんぶん》を集《あつ》めるのほど、おもしろくはありませんでした。

おかあさんが雑貨屋《ざっかや》へ行《い》って、麻《あさ》ひものたばをいくつも買《か》ってきてくれました。店《みせ》から帰《かえ》ると、おかあさんは、古《ふる》いレインコートを着《き》て、頭《あたま》をバンダナでまき、みんなといっしょになって、ぬれた新聞《しんぶん》を重《かさ》ねはじめました。

「来年《らいねん》の独立記念日《どくりつきねんび》までに終《お》わるといいけどね」と、おかあさんはいいました。

会社《かいしゃ》から帰《かえ》ってきたおとうさんも、このようすを見《み》ると、うちに入《はい》って、古《ふる》いズボンにはきかえ、いつもつりに行《い》くときに着《き》る厚手《あつで》のコートを着《き》て出《で》てきて、みんなといっしょにはたらきました。五人《にん》は、つんではしばり、しばってはつみました。それ

でも、ぐしょぬれの古新聞《ふるしんぶん》は、表《おもて》の通《とお》りまで、ひろがっていました。ヘンリーは、自《じ》分《ぶん》の広告《こうこく》が、こんなにききめがなければよかったのに、と思《おも》いました。

おかあさんは、ロバートとビーザスに、いっしょに晩《ばん》ごはんを食《た》べていってくれるようにたのみました。おかあさんのいうには、いったん家《いえ》に帰《かえ》ったら、二人《ふたり》とも、もう来《き》てくれないだろう、というのです。インゲンと、サケと、トウモロコシと、リンゴソース——いずれも、かんづめのもの——で、そそくさと夕食《ゆうしょく》をすませると、五人《にん》は、仕事《しごと》にもどり、台所《だいどころ》のポーチの電灯《でんとう》の明《あ》かりの下《した》で、またいくつか、たばをつくりました。ロバートとビーザスのおかあさんが、電話《でんわ》をかけてきて、もう家《いえ》に帰《かえ》ってこなければいけませんといったときには、ちょうど車庫《しゃこ》の入《い》り口《ぐち》までの分《ぶん》が、かたづいたところでした。帰《かえ》るとき、ビーザスも、ロバートも、ちっとも残念《ざんねん》そうではありませんでした。

おかあさんは、たばねた古新聞《ふるしんぶん》の上《うえ》に、どっかりこしをおろしていいました。

「あー、くたびれた。もう、『リーダーズダイジェスト』は、一さつも見《み》たくないわ。まんがの本《ほん》だって、ごめんよ。」

「きょうのところは、これでおこう」と、おとうさんはいいました。

ヘンリーは、くしゃみをしました。

金曜日《きんようび》の夜《よる》、最後《さいご》のたばをしばりおえたところで、おとうさんがいいました。

「これだけの新聞《しんぶん》、どうやって学校《がっこう》へ持《も》っていくつもりなんだい？」

ヘンリーは、うつむいて、新聞《しんぶん》の山《やま》を足《あし》でけりました。

「ビーザスのワゴンで、少《すこ》しは運《はこ》べるけど、ぼく……あの、おとうさんが、もしかしたら、少《すこ》しは車《くるま》で、運《はこ》んでくれるんじゃないかと思《おも》って……。」

「ふーん、はじめからあてにしてたってわけか」と、おとうさんは、少《すこ》し皮肉《ひにく》っぽくいいました。

土曜日《どようび》の朝《あさ》、おとうさんとヘンリーは、車《くるま》の後部座席《こうぶざせき》とトランクの両方《りょうほう》に、たばにした古新聞《ふるしんぶん》をつみこみました。ヘンリーは、紙《かみ》というものは、たばにすると、ばらのときより重《おも》くなるものだということを発見《はっけん》しました。つんでいるうちに、車《くるま》の後《うし》ろのほうが、しないはじめました。おとうさんは、一度《いちど》にこれ以上《いじょう》つむのはむりだ、といいました。二人《ふたり》は、グレンウッド小学校《しょうがっこう》まで行《い》き、講堂《こうどう》のそばで荷物《にもつ》をおろしました。講堂《こうどう》の中《なか》では、PTA《ピーティーエイ》の役員《やくいん》の人《ひと》が、たばの高《たか》さをはかったり、各組《かくくみ》の持《も》ってきたたばの高《たか》さを書《か》きとめたりしていました。おとうさんで、手伝《てつだ》っている人《ひと》は、ほかにもいました。

二度《ど》めに、車《くるま》に荷物《にもつ》をつむとき、荷物《にもつ》は、まえよりいちだんと重《おも》くなった気《き》がしました。ヘンリーは、のこっている新聞《しんぶん》の山《やま》を見《み》て、あと何回往復《なんかいおうふく》すれば、全部《ぜんぶ》かたづくだろう、と思《おも》いました。二、三回《かい》じゃきかないな。もしかしたら、一日《にち》じゅうかかるかもしれない。ヘンリーは、くたびれて、あちこちの筋肉《きんにく》がいたみました。もう、自分《じぶん》の組《くみ》が勝《か》つかどうかなんて、どうでもいい気《き》がしました。とにかく、けりをつけてしまいたいという気《き》がするだけでした。

二度《ど》めに、ヘンリーとおとうさんが、荷物《にもつ》をおろしているところへ、スクーターが自転車《じてんしゃ》のバスケットに、古新聞《ふるしんぶん》のたばを入《い》れてやってきました。

「やあ、スクーター」と、ヘンリーは、声《こえ》をかけました。いつまでも、スクーターをおこらせておきたくなかったからです。「ねえ……おれんちの車庫《しゃこ》に、新聞《しんぶん》、まだうんとあるぜ。よかったら、二《ふた》つ、三《みっ》つ、おまえの組《くみ》に持《も》ってけよ。」

「いらないよ。」スクーターは、つんとしていいました。

ふん、それならそれでいいさ、とヘンリーは思《おも》いました。せっかくこっちから和平《わへい》を申《もう》しいれてやったのに……。あいつ、まだおこっているな。これからも、ずっとおこりとおすつもりらしいや。いいさ、あいつがそんな気《き》なら、すきなようにさせておくさ。とにかく、こっちのほうからは、なかよくしようという意思表示《いしひょうじ》はしたんだからな。でも、それは、ぼくが、新聞《しんぶん》をおりたがっているからだと思《おも》ったら、大《おお》まちがいだぞ。ぼくは、もう、しりにくっつくのからは卒業《そつぎょう》したんだからな。

ヘンリーとおとうさんは、一日《にち》じゅうはたらきつづけました。持《も》ちあげ、車《くるま》にのせ、車《くるま》からおろし、つみあげ……。一方《いっぽう》、おかあさんは、学校《がっこう》にいて、PTA《ピーティーエイ》の人《ひと》といっしょに、たばの高《たか》さをはかりました。ヘンリーは、こんなにくたびれたことは、生《う》まれてはじめてでした。けれども、泣《な》きごとをいうわけにはいきませんでした。

「あとのやつは、のこしといて、来年《らいねん》にまわしたら？」もう、いやというほど運《はこ》んだと思《おも》ったとき、ヘンリーはおかあさんにいってみました。

「とんでもない。そんなことだめよ」と、おかあさんは、一言《いちごん》のもとにはねつけました。おかあさんだって、紙《かみ》のたばの高《たか》さをはかるのにてんてこまいでしたが。

ヘンリーは、グレンウッド小学校《しょうがっこう》じゅうの子《こ》どもによって集《あつ》められた古新聞《ふるしんぶん》の山《やま》をながめました。その間《ま》にも、古新聞《ふるしんぶん》は、次《つぎ》つぎと運《はこ》びこまれてきます。ヘンリーは、生《う》まれてこのかた、一《いっ》か所《しょ》に、これほどたくさんの紙《かみ》がつみあげられているところを、見《み》たことがありませんでした。アメリカで出版《しゅっぱん》されている雑誌《ざっし》という雑誌《ざっし》が、そこに集《あつ》まっていました。それに、新聞《しんぶん》ときたら！　山《やま》また山《やま》。この新聞《しんぶん》の一部《ぶ》、一部《ぶ》が、だれか——よその——男《おとこ》の子《こ》によって、各家庭《かくかてい》に配達《はいたつ》されたのです。

ヘンリーとおとうさんが、最後《さいご》の荷《に》を学校《がっこう》に運《はこ》びおわったあと、高《たか》さをはかる仕事《しごと》を、ほかの人《ひと》にかわってもらったおかあさんといっしょに、三人《にん》は、へとへとになって、家《いえ》に帰《かえ》りました。

「ぼくの組《くみ》が勝《か》つといいな」と、ヘンリーはいいましたが、その口調《くちょう》にはあまり熱《ねつ》がこもっていませんでした。「少《すく》なくとも、あのスクーターのやつの組《くみ》には勝《か》たないといな。」

ヘンリーは、あまりくたびれたので、その日《ひ》おそく、どの組《くみ》が勝《か》ったかをききに、もう一度《いちど》学校《がっこう》へ行《い》く気《き》にはなれませんでした。月曜日《げつようび》になれば、わかるさ。今《いま》は、もう、新聞《しんぶん》のことを考《かんが》えるのもいやでした。

月曜日《げつようび》の晩《ばん》ごはんのとき、古新聞集《ふるしんぶんあつ》めさわぎからかんぜんにたちなおったヘンリーは、おとうさんとおかあさんに、報告《ほうこく》しました。

「ねえ、ぼくたちの組《くみ》、勝《か》ったんだよ！　ぼく、はじめっから、勝《か》つと思《おも》ってたけど。それで、六ドルもらったんだ。何《なに》につかってもいいんだよ。ただ、何《なに》につかうか、まだきめられないんだけど。それにねえ、ぼくたち、スクーターの組《くみ》を、千インチ（約《やく》二五メートル）以上《いじょう》も負《ま》かしたんだよ！」

「それで、映画《えいが》は見《み》せてもらったのか？」と、おとうさんがききました。

「あたりまえだよ」と、ヘンリーはいいました。「アニメが一本《ぽん》と、科学映画《かがくえいが》が一本《ぽん》。そりゃ、映画《えいが》は、かなり教育的《きょういくてき》だったけどさ。それでも、やっぱり、おもしろかったよ。そのなかにね、クマの一家《いっか》が出《で》てきたの。」

「おかあさんも、古新聞集《ふるしんぶんあつ》めでは、ずいぶんいっしょうけんめいはたらいたわ」と、おかあさんがいいました。「おかあさんも、クマの一家《いっか》が出《で》てくる映画見《えいがみ》たいわ。」

とつぜん、ヘンリーは、自分《じぶん》がはずかしくなりました。考《かんが》えてみると、おかあさんも、おとうさんも、今度《こんど》の新聞回収《しんぶんかいしゅう》のことでは、ずいぶん、いっしょうけんめいはたらいてくれました――ヘンリーと同《おな》じくらい、いっしょうけんめいやってくれました。

「手伝《てつだ》ってくれて、ありがとう」と、ヘンリーはいいました。いいながら、自分《じぶん》が、もっと早《はや》く、おとうさんやおかあさんにお礼《れい》をいわなかったことが、くやまれました。

「ごほうびがないのが残念《ざんねん》だけど。」

かわいそうなママとパパ！　いちばんそんなめにあって。

ヘンリーは、今度《こんど》の新聞回収《しんぶんかいしゅう》がやってきたら――それは、一年《ねん》さきのことですが――もう広告《こうこく》は出《だ》さないでおこう、と決心《けっしん》しました。広告《こうこく》は、ききめがありすぎました。

今度《こんど》のときは、家《いえ》の中《なか》に転《ころ》がっている古新聞《ふるしんぶん》をたばねて、学校《がっこう》へ持《も》っていくことにします。けれども、今《いま》のところ、新聞回収《しんぶんかいしゅう》は、もうたくさん。とうぶん、その話《はなし》は、口《くち》にしたくもありませんでした。ヘンリーは、きっと、おかあさんもおとうさんも、同《おな》じ気持《きも》ちにちがいない、と思《おも》いました。どっちにしても、来年《らいねん》は、なんとか、どうにか、もっとやりがいのあることをするのにいそがしくしていて、カランコロンと、くつを鳴《な》らして歩《ある》くラモーナをおしりにくっつけて、ワゴンをひっぱって近所《きんじょ》をまわるようなまねはしていたくないもんだ、とヘンリーは思《おも》いました。

「じゃ、ごほうびは、自分《じぶん》たちで出《だ》すとするか」と、おとうさんはいいました。「どうだい、お皿《さら》はこのままにしておいて、映画《えいが》に行《い》こうじゃないか。ハリウッド劇場《げきじょう》で、西部劇《せいぶげき》やってるはずだ。もしかしたら、そのなかに、クマの一家《いっか》が出《で》てくるかもしれないよ。」

「わあーい!」と、ヘンリーは、さけびました。「あした、学校《がっこう》のある日《ひ》だけど、それでもいいの?」

「かまわんさ」と、おとうさんはいいました。「今夜《こんや》はとくべつだ。古新聞回収《ふるしんぶんかいしゅう》に優勝《ゆうしょう》したんじゃないか。そうだろ?」

5

ヘンリーの新《あたら》しい友《とも》だち

古新聞回収《ふるしんぶんかいしゅう》があってから間《ま》もなく、ヘンリーが、長《なが》い間《あいだ》待《ま》ちに待《ま》った日《ひ》がやってきました。それは、ヘンリーの第《だい》十一回《かい》めの誕生日《たんじょうび》でした。ことしは、誕生日《たんじょうび》がちょうど土曜日《どようび》にあたったので、この日《ひ》は、とりわけたのしい日《ひ》になりました。

おかあさんは、ヘンリーの組《くみ》の男《おとこ》の子《こ》を八人《にん》、お昼《ひる》ごはんにまねいてくれました。

そして、ヘンリーは、プレゼントに、懐中電灯《かいちゅうでんとう》を三本《ぼん》と（それは、ちっともかまいま

せん——男《おとこ》の子《こ》というものは、いつだって、よぶんの懐中電灯《かいちゅうでんとう》の使《つか》いみちを見《み》つけることができますから)、コレクションにつけくわえる切手《きって》のつつみ二《ふた》つと、飛行機《ひこうき》のプラモデル一組《ひとくみ》と、パズルを二《ふた》つもらいました。*タマーリと、牛乳《ぎゅうにゅう》と、野菜《やさい》サラダ——ヘンリーのおかあさんは、男《おとこ》の子《こ》は、野菜《やさい》を食《た》べなければいけないと考《かんが》えています——と、それから、生《なま》クリームでかざり、十一本《ぽん》のろうそくを立《た》てたオレンジアイスクリームケーキをお昼《ひる》に食《た》べたあと、みんなは、かわりばんこに実験台《じっけんだい》になって、人工呼吸《じんこうこきゅう》の練習《れんしゅう》をして遊《あそ》びました。そのあと、お昼《ひる》のあとかたづけをすませたおかあさんが、みんなを、近《ちか》くの映画館《えいがかん》につれていってくれました。そこで、みんなは、たてつづけに、十七本《ほん》ものウサギのバッグスバニーのアニメを見《み》ました。

あんまりたのしくて、時間《じかん》のたつのがおしいくらいでした。ヘンリーは、ロビン・フッドになったバニーが、ノッティンガムの郡長《ぐんちょう》に、まんまといっぱいくわせるところでは、声《こえ》をあげてわらいました。バニーをシチューにしようとした狩人《かりゅうど》からのがれ

*タマーリ……つぶしたトウモロコシとひき肉《にく》をまぜ、トウガラシなどで味《あじ》をつけ、それをトウモロコシの皮《かわ》につつんでむしたメキシコ料理《りょうり》。

るところでは、ひっくりかえってわらいました。バニーをとびこみ台《だい》から、水《みず》のいっぱい入《はい》ったバケツの中《なか》へ落《お》としてやろうとしたサーカスの団長《だんちょう》が、あべこべに、自分《じぶん》が水《みず》の中《なか》へ落《お》ちたところでは、キャッキャッと声《こえ》をあげました。そうやってわらいながらも、ヘンリーは、たえず、ぼくは、十一になったんだ、もう新《しん》聞配達《ぶんはいたつ》がやれるんだ——口《くち》さえあれば——と、自分《じぶん》にいいきかせていました。

映画《えいが》がすむと、みんなは、歩《ある》いてうちに帰《かえ》りました。家《いえ》の近《ちか》いヘンリーとロバートが、まえにパンフリーさんの住《す》んでいた家《いえ》のところまで帰《かえ》ってくると、家《いえ》の前《まえ》に、運送屋《うんそうや》のトラックが止《と》まっていて、家具《かぐ》が運《はこ》びこまれていました。とうぜんのことながら、二人《ふたり》は立《た》ちどまって、見物《けんぶつ》しました。運《はこ》びこまれている家具《かぐ》が、あまりおもしろいものでなかったので、ヘンリーは、ちょっとがっかりしました。ベッドとか、いすとか、ガス台《だい》とか、テレビとか、ごくありきたりのものばかりです。

「おい、見《み》ろ！」ロバートが、指《ゆび》さしながら、大声《おおごえ》でいいました。「子《こ》ども用《よう》の自転《じてん》車《しゃ》があるぞ！」

「男乗《おとこの》りだ！」と、ヘンリーも、声《こえ》をはずませていいました。「何年生《なんねんせい》かなあ。」

「もしかしたら、ぼくらの組《くみ》に入《はい》るかもしれないぞ」と、ロバートはいいました。「あれ、ふつうサイズだもんな。」

「おい、いいことがあるぞ。」パンフリーさんの家《いえ》の前《まえ》をはなれて歩《ある》きはじめたとき、ヘンリーは、熱心《ねっしん》に話《はな》しはじめました。「ぼくら三人《にん》――おまえと、おれと、今度来《こんどく》るやつと――いっしょに組《く》んで、どこかで針金《はりがね》見《み》つけてきてさ、三人《にん》だけで使《つか》う電話《でんわ》つくらないか。そりゃ、あいつのうちまで針金《はりがね》ひこうと思《おも》ったら、よそのうちのかきねや木《き》の間《あいだ》を通《とお》さないとだめだけど、でも、きっとうまくいくと思《おも》うんだ。」

「おい、それ、いかすじゃないか！」ロバートも、すっかりのり気《き》になっていいました。「そうしたら、おたがいに、すきなときに話《はなし》ができるよな。」

「そうさ」と、ヘンリーはいいました。「ぼくらだけの専用電話《せんようでんわ》になるんだ。図書館《としょかん》へ行《い》けばどうやってつくるか書《か》いた本《ほん》が、きっとあると思《おも》うよ。」

「いつ、そいつに会《あ》えるかなあ」と、ロバートがいいました。

「じき会《あ》えるさ」と、ヘンリーはいいました。「新《あたら》しい子《こ》が来《き》たら、おもしろくなるぜ。」

日曜日《にちようび》、ヘンリーは、あれこれ口実《こうじつ》をつくって、新《あたら》しい子《こ》の家《いえ》の前《まえ》を、自転車《じてんしゃ》で通《とお》ってみました。けれども、家《いえ》には、まだだれもいませんでした。

月曜日《げつようび》、窓《まど》にカーテンがついたのが見《み》えました。でも、男《おとこ》の子《こ》のすがたは見《み》えませんでした。

うちに帰《かえ》っても、べつに何《なに》もすることがなかったので、ヘンリーは、ひものはしにセロハン紙《し》の切《き》れっぱしをむすびつけ、それをしきものの上《うえ》で動《うご》かして、ノージーをじゃらして遊《あそ》びました。遊《あそ》びながらも、頭《あたま》のなかでは、新《あたら》しい子《こ》はどんな子《こ》だろうなあ、と考《かんが》えていました。

ノージーは、おとうさんが予言《よげん》したとおり、目《め》に見《み》えて大《おお》きくなり、ネコに近《ちか》づいていました。でも、目下《もっか》のところは、子《こ》ネコというには大《おお》きすぎ、ネコというには小《ちい》さすぎでした。ノージーは、頭《あたま》をひくくしてねらいをつけ、しっぽをゆすっては、パッとセロハン紙《し》にとびかかります。そして、つめでセロハン紙《し》をつかんだまま、くるっと転《ころ》がってあおむけになり、あとあしでセロハン紙《し》をけります。アバラーは寝《ね》そべって、ノージーがこうやって遊《あそ》んでいるのを、じっとながめていました。

電話《でんわ》が鳴《な》りました。おかあさんが出《で》ました。

「もしもし」というおかあさんの声《こえ》が聞《き》こえました。「ああ、こんにちは、エバ。」

エバというのは、スクーターのおかあさんのことです。ヘンリーのおかあさんと、スクーターのおかあさんは、よく、電話《でんわ》で、つまらない長話《ながばなし》をします。

「あら、まあ。そりゃいけないわねえ」と、おかあさんがいっています。

何《なに》がいけないんだろう、とぼんやり考《かんが》えながら、ヘンリーは、セロハン紙《し》をノージーからとりあげ、この小《ち》さなネコ――あるいは、大《おお》きな子《こ》ネコ――がとびつくように、頭《あたま》の上《うえ》にたらしてやりました。

「ヘンリーは、もうすませてるからいいけれど」と、おかあさんはいいました。

ぼくがすませたって、いったいなんだろう？　ヘンリーに考《かんが》えつくことといったら、すませたのは、幼稚園《ようちえん》と、一年《ねん》から四年《ねん》までくらいなものですが、おかあさんたちが、そんな話《はなし》をしているとは思《おも》えません。

「心配《しんぱい》しなくてもだいじょうぶよ。そんなにひどいもんじゃないわ」と、おかあさんはいいました。「もっとも、スクーターは、ちょっと年《とし》がいってるからねえ。」

そりゃ、スクーターは年《とし》がいってるだろうさ。ヘンリーは、ノージーのつめにひっかかったセロハン紙《し》をはずしながら考《かんが》えました。だけど、ぼくだって、もう十一なんだからな。

「まあね、男《おとこ》の子《こ》って、そうですものね。」

ヘンリーは、おかあさんたちの話《はな》していることが、だんだん気《き》になってきました。おかあさんが、男《おとこ》の子《こ》というものは、ああだこうだと話《はな》しはじめたとなると、何《なに》かおもしろいことをいうかもしれません。ヘンリーは、セロハン紙《し》をくるくる回《まわ》すのをやめて、じっと話《はなし》に耳《みみ》をかたむけました。

おかあさんは、またわらいました。

「考《かんが》えただけでも、おかしくてたまらないわね」と、おかあさんはいいました。

ヘンリーは、じりじりしてきました。何《なに》が、考《かんが》えただけでもおかしいんだろう。何《なに》かぼくのしたことだろうか。そうでないといいんだけど……。自分《じぶん》のしたことを人《ひと》にわらわれるのは、がまんできません。

おかあさんは、長《なが》いことじっと聞《き》いていました。そして、ようやく口《くち》を開《ひら》いて、

「さあ、わからないわ、エバ。あの子《こ》は、まだちょっと小《ちい》さすぎると思《おも》うんだけど……。」

だれが、何《なに》するのに、小《ちい》さすぎるんだ？　ヘンリーは、ますますじりじりしてきました。もし、おかあさんが、ヘンリーが何《なに》かをするのに小《ちい》さすぎるといっているのなら、それは、きっとヘンリーのしたいことにきまっています。どういうわけか、おとうさんやおかあさんが、まだ小《ちい》さいからしてはいけないということは、いつだって、ヘンリーがいちばんしたいことなのです。

おかあさんが、どうやら自分《じぶん》のことを話《はな》しているとわかったので、ヘンリーは、台《だい》所《どころ》に入《はい》っていき、大《おお》きなひそひそ声《ごえ》で、

「ぼくは、小《ちい》さすぎないよ」と、いいました。

おかあさんは、手《て》をふって、あっちへ行《い》ってなさいと合図《あいず》しながら、話《はなし》をつづけました。

「けどね、エバ。ひとつには、日曜日《にちようび》には、すごく重《おも》いでしょう。」

これを聞《き》いて、ヘンリーは、おや、と思《おも》いました。日曜日《にちようび》だけ重《おも》さがちがうものなんて、あるだろうか？　おかあさんのいっていることは、すじが通《とお》りません。人間《にんげん》は、日曜日《にちようび》になったって、体重《たいじゅう》はふえません。もっとも、アップルパイかなんかを、ものすごくたくさん食《た》べれば、べつかもしれないけれども。あっ、待《ま》てよ。ヘンリーの頭《あたま》に、パッとひらめいたものがあります。新聞《しんぶん》だ！　新聞《しんぶん》は、日曜日《にちようび》には、日曜版《にちようばん》がつくから、ふだんより重《おも》くなります！　もしかしたら——いや、そんなはずはない——そうだ、そうにきまってる！　おかあさんは、ヘンリーの新聞配達《しんぶんはいたつ》のことを話《はな》してるんだ。いや、だけど、そんなはずはない。だって、例《れい》の古新聞回収《ふるしんぶんかいしゅう》以来《いらい》、スクーターは、ずっとおこっているもの。

「ママ。」ヘンリーは、がまんできなくなって、おかあさんにささやきかけました。

おかあさんは、送話器《そうわき》を手《て》でおさえていいました。

「ヘンリー。おかあさん、今《いま》、おばさんとお話《はな》ししてるんだから、じゃましないでちょうだい。」

「けど、ママ――。」

おかあさんはヘンリーをぐっとにらみました。おかあさんが

こういう目《め》をするときは、何《なに》をいってもだめです。

「ちぇっ。」ヘンリーは、口《くち》の中《なか》でいって、居間《いま》へもどりました。

そして、ノージーをだきあげて、あごのところをなでてやりながら、電話《でんわ》の話《はなし》に、一心《いっしん》に聞《き》きいりました。

「わかったわ、エバ」と、おかあさんは、最後《さいご》にいいました。「あの子《こ》、もうずっとまえから、やりたくてやりたくて、うずうずしてたんだから。」

けれども、おかあさんは、そこで電話《でんわ》をきりませんでした。

「ところでねえ、エバ。わたし、ことしPTA《ピーティーエイ》の茶菓係《さかがかり》になってるんだけど、あなた、どこか、おいしくて、あまり高《たか》くないケーキつくってくれるお菓子屋《かしや》さん知《し》らない？」

ヘンリーは、わざとおかあさんの耳《みみ》に聞《き》こえるように、大《おお》きな声《こえ》でうめきました。

でも、おかあさんは、聞《き》こえないふりをして話《はなし》をつづけました。

「わたし、考《かんが》えたんだけど、大《おお》きな、平《ひら》たいケーキ買《か》って、それをアイシング*で白《しろ》く

*アイシング……たまごの白身《しろみ》とさとうをまぜあわせたもの。ケーキなどの表面《ひょうめん》にぬる。

ぬって、その上《うえ》に、ぱらぱらとバラのつぼみをちらしたら――いいえ、いいえ、一人《ひとり》に一《ひと》つじゃないの。そんなことしたら、高《たか》くついて、とてもだめだわ。ただ、切《き》るまえに、いくつか、かざってあると、きれいに見《み》えるでしょう――。」

PTA《ピーティーエイ》にバラのつぼみか！　よりによって、このだいじなときに、そんな話《はなし》！　ヘンリーは、いらいらしてくる気持《きも》ちをおさえかねて、こぶしをかためて、クッションをたたきました。おかあさんが、ようやく電話《でんわ》をきったとき、ヘンリーは、ノージーをほうりだして、パッと立《た》ちあがりました。

「スクーターのおかあさん、なんていってきたの、ママ？　ねえ、なんていったの？」

「ヘンリー、人《ひと》が電話《でんわ》で話《はな》してるとき、そばへ来《き》て、うるさくいうもんじゃありません。」

「わかったよ、ママ。」ヘンリーは、急《いそ》いでいいました。「それよか、ねえ、おばさん、なんていったの？」

「スクーター、水《みず》ぼうそうにかかったんですって」と、おかあさんはいいました。

「あのスクーターのやつが、水《みず》ぼうそう?」ヘンリーは、まるで信《しん》じられないといったふうにさけびました。「七年生《ねんせい》にもなって? へっ、ぼくなんか、まだちいちゃいときにやっちゃったじゃない!」

ひえーっ、こいつは、おどろいた。今度《こんど》ばかりは、ヘンリーのほうが、スクーターより、さきに何《なに》かをしたわけです。

「そうなの、水《みず》ぼうそうになったんですって」と、おかあさんはつづけました。「それでね、スクーターは、自分《じぶん》が学校《がっこう》に行《い》けるようになるまで、あなたに、かわりに配《はい》達《たつ》やってほしいって、そういってるそうよ。」

「スクーターが、ぼくに、配達《はいたつ》やってくれって?」

こんなことは、とてもほんとうとは思《おも》えません。もし、スクーターのおかあさんが、自分《じぶん》に配達《はいたつ》をやってもらいたがっているというのなら、話《はなし》はわかります——でも、スクーターが、そういってるだなんて！

「そうなの、自分《じぶん》ではたのみにくかったらしいわ。あんたたち二人《ふたり》の間《あいだ》に、何《なに》か気《き》まずいことがあったんですって。」

おかあさんは、話《はな》しながら、おかしさをこらえているようでした。

「それでね、スクーターは、おかあさんに、ヘンリーのおかあさんに電話《でんわ》して、たのんでくれっていったんだそうよ。スクーターは、配達《はいたつ》を、おまえにやってもらいたいんですって。おまえなら、ちゃんとやってくれるって、わかってるから。おまえがおこってるんじゃないかって、気《き》にしてるそうよ。」

そりゃ、ヘンリーは、今《いま》の今《いま》まで、スクーターに腹《はら》をたてていたかもしれません。でも、スクーターが、自分《じぶん》なら、ちゃんと配達《はいたつ》してくれるから、といってくれたとわかると、あんなけんかをしたことが、急《きゅう》につまらないことに思《おも》えてきました。あんなこと、くだらない、昔《むかし》の話《はなし》じゃないか。

「ぼくが？　スクーターのこと、おこってるって？」ヘンリーは、まるで、そんな話《はなし》、聞《き》いたこともないや、というようにいいました。「それで、いつからやるの？」

「きょうからよ」と、おかあさんはいいました。「スクーターのうちへ行《い》って、今《いま》すぐ、配達《はいたつ》さきの名簿《めいぼ》、もらっていらっしゃい。」

ヘンリーは、おかあさんが、まだ話《はな》しおわらないうちに、もうドアのとっ手《て》に手《て》をかけていました。

「ねえ、ママ。水《みず》ぼうそうって、どのくらいかかる？」

「二週間《しゅうかん》くらいね、スクーターの年《とし》じゃ」と、おかあさんはいいました。

二週間《しゅうかん》！　まるまる二週間《しゅうかん》、配達《はいたつ》がやれるなんて。それに、もう十一になっているんだから！　ヘンリーは、玄関《げんかん》の段《だん》だんを、ポーンとひとっとびにとびおりました。

ヘンリーが、スクーターの配達簿《はいたつぼ》と、ズックぶくろをもらってかけつけたときには、ほかの男《おとこ》の子《こ》たちは、もう新聞《しんぶん》をおりはじめていました。

「ようっ。」ヘンリーは、ことば少《すく》なく声《こえ》をかけました。

「キャパーさん、スクーターが水《みず》ぼうそうの間《あいだ》、ぼくが配達《はいたつ》やります。」

ヘンリーは、新聞《しんぶん》のたばを見《み》つけ、それをかぞえはじめました。

「ずっと、顔見《かおみ》せなかったな」と、キャパーさんはいいました。「だいじょうぶか、ちゃんとやれるか?」

「やれます」と、ヘンリーはこたえました。

それから、ちょっとためらってからいいました。

「う……あの、キャパーさん。ぼく、もう十一になりました。」

キャパーさんは、にやっとわらいました。

「ほんとかよ?」高校《こうこう》に行《い》っているチャックという子《こ》がいいました。「おまえ、ほんとに十一か?」

「ほんとだよ」と、ヘンリーは、胸《むね》をはってこたえました。「おれが、一生《いっしょう》、十《とお》のままでいるとでも思《おも》ってたのか？」

「もし、こいつが十一だったら」と、チャックは、キャパーさんに向《む》かっていいました。「こいつに、ぼくのあとやってもらってもいいですね。」

ヘンリーは、新聞《しんぶん》をおっていた手《て》を休《やす》めて、いぶかしそうにチャックを見《み》ました。

「それ、どういうこと？」

たぶんじょうだんだろうと思《おも》いながら、ヘンリーはききました。

「あと二週間《しゅうかん》ほどしたら、おれ、バスケットボールの練習《れんしゅう》に行《い》きたいんだ」と、チャックはいいました。

チャックが、自分《じぶん》をからかっていたのではないとわかって、うれしくなったヘンリーは、期待《きたい》をこめて、キャパーさんのほうを見《み》ました。でも、キャパーさんは、にっこりわらって、「まあ、考《かんが》えとこう」と、いっただけでした。

キャパーさんは、約束《やくそく》はしてくれなかった、とヘンリーは、最後《さいご》の『ジャーナル』

をふくろに入《い》れながら考《かんが》えました。でも、今度《こんど》は、だいじょうぶだ。だって、自分《じぶん》でも、配達《はいたつ》がちゃんとやれることはわかったし、それに、キャパーさんも、ぼくが配達《はいたつ》をやりたがっていることは知《し》っているんだから。今度《こんど》は、むずかしい問題《もんだい》は何《なに》もないと思《おも》うと、ヘンリーは、かろやかな気持《きも》ちで、配達《はいたつ》に出発《しゅっぱつ》しました。

ヘンリーは、五時半《じはん》に配達《はいたつ》を終《お》えました。そして、もしかしたら、ちょっとでも新《あたら》しい子《こ》のすがたが見《み》られるかもしれないと思《おも》って、帰《かえ》りに、パンフリーさんの家《いえ》の前《まえ》を通《とお》ってみました。すると、はたして、家《いえ》の横手《よこて》の、車庫《しゃこ》へ通《つう》じる道《みち》のところに、見《み》たことのない男《おとこ》の子《こ》がいて、段《だん》ボールの箱《はこ》の荷《に》づくりをほどいていました。箱《はこ》の中《なか》には、針金《はりがね》のまいたのや、電池《でんち》や、真空管《しんくうかん》みたいなものが、たくさん入《はい》っていました。男《おとこ》の子《こ》は、ヘンリーと同《おな》い年《どし》か、あるいは一年大《ねんおお》きいぐらいで、背《せ》が高《たか》く、やせて、少《すこ》しねこ背《ぜ》で、めがねをかけていました。

ヘンリーは、車庫《しゃこ》へ通《つう》じる道《みち》をちょっと入《はい》ったところで、自転車《じてんしゃ》を止《と》めて、できる

だけ親《した》しみをこめてよびかけました。

「やあ、きみ、ここへ引《ひ》っこしてきた子《こ》?」

「そうだよ」と、その子《こ》はこたえました。

これぽっちの返事《へんじ》では、あまりくわしいことはわかりません。ヘンリーは、ちょっとの間《ま》、その子《こ》をかんさつして、この子《こ》は、おそらく野球《やきゅう》をやらせても、あまりうまくないだろうな、と思《おも》いました。でも、そんなことはかまいません。野球《やきゅう》をする子《こ》なら、近所《きんじょ》にも、ほかにおおぜいいます。

「ぼく、ヘンリー・ハギンズっていうんだ」と、ヘンリーはいいました。「ぼくの家《いえ》は、このブロックの反対《はんたい》がわの、クリッキタット通《どお》りなんだ。」

男《おとこ》の子《こ》は、こんぐらがった銅線《どうせん》をほぐすのにいっしょうけんめいで、返事《へんじ》もしてくれませんでした。これでは、話《はなし》は、いっこうに進展《しんてん》しません。新《あたら》しい子《こ》と友《とも》だちになるところを、あれこれ心《こころ》にえがいていたヘンリーは、すっかりあてがはずれました。

このとき、裏庭《うらにわ》のほうから、ぼってり太《ふと》った、年《とし》より犬《いぬ》が、ぶらぶら出《で》てきました。どうも、フォックステリアらしいのですが、ずっと大《おお》きくて、こわそうで、まるでブルドッグの血《ち》がまじっているようでした。犬《いぬ》が出《で》てきたので、ヘンリーは、急《きゅう》に元気《げんき》が出《で》ました。男《おとこ》の子《こ》というものは、いつだって、自分《じぶん》の犬《いぬ》の話《はなし》をするのがすきなものです。

「きみの犬《いぬ》、なんて名《な》まえ？」

「トラ。」男《おとこ》の子《こ》は、ぽつんとこたえました。

くたびれたように見《み》えるその犬《いぬ》は、男《おとこ》の子《こ》のそばへ来《き》て、ドタッと横《よこ》になりました。

「トラだって！」と、ヘンリーは、大声《おおごえ》でいいました。「犬《いぬ》にトラだなんて。トラって、ネコにつける名《な》まえじゃないか。」

ここで、はじめて、男《おとこ》の子《こ》は手《て》を止《と》めて、めがねごしにヘンリーを見《み》ました。そして、「いけないかい？」と、ききました。

ヘンリーは、どぎまぎしました。どうも、この新《あたら》しい子《こ》と友《とも》だちになるのは、かんたんではなさそうです。

「そりゃ、べつに、いけないってことはないけど」と、ヘンリーはいいました。現《げん》に、この子《こ》は、自分《じぶん》の犬《いぬ》のことを、トラとよんでいるんですから。「だけど、つまり……その、犬《いぬ》って、たいていメイジャーとか、ガードとか、スポットとか、そんな名《な》まえだろ。きみの名《な》まえは、なんていうの？」

ヘンリーは、話題《わだい》をかえたかったのと、その子《こ》の名《な》まえを知《し》りたかったのと両方《りょうほう》で、そうききました。

「バイロン・マーフィ」と、その子《こ》はこたえました。「マーフって、よんでくれ。」

「わかったよ、マーフ」と、ヘンリーはいいました。

とにかく、話《はなし》をここまで進展《しんてん》させただけでも、上《じょう》じょうでした。ヘンリーは、段《だん》ボールの箱《はこ》の中《なか》に、銅線《どうせん》がごちゃごちゃいっぱい入《はい》っているのを見《み》て、この新《あたら》しい友《とも》だちは、電気《でんき》に興味《きょうみ》をもっているのにちがいないと、思《おも》いました。とすれば、自分《じぶん》たちだけの専用電話《せんようでんわ》をつくることも、よろこんでいっしょにやってくれるにちがいありません。

「ねえ、マーフ。」ヘンリーは、息《いき》をはずませて話《はな》しかけました。「ぼく、すごいこと考《かんが》えてるんだ。ぼくらいっしょに——ぼくの友《とも》だちのロバートってやつと三人《にん》で、ぼくたちの家《いえ》の間《あいだ》に、専用電話《せんようでんわ》をひかないか。へいや、木《き》の間《あいだ》に針金《はりがね》を通《とお》したら、できると思《おも》うんだ。そしたら、話《はな》したいときに、いつでも話《はなし》ができるし、いろんなおもしろいことができるぜ。」

ヘンリーは、マーフがなんというかと思《おも》って、期待《きたい》をこめて、返事《へんじ》を待《ま》ちました。

マーフは、しばらく、だまったまま針金《はりがね》をほぐしつづけました。それから、

「どうして、うちの電話《でんわ》で話《はな》しちゃいけないんだい？」と、ききました。

ヘンリーは、マーフのことばが信《しん》じられないというように、まじまじとマーフを見《み》つめました。

「あの——あの、ふつうの電話《でんわ》のことかい、電話会社《でんわがいしゃ》のやってる？」

「そうだよ」と、マーフはいいました。

ヘンリーは、空気《くうき》をぬかれたふうせんのような気《き》がしました。

「そりゃまあ、そうだけど」と、ヘンリーはいいました。

たぶん、マーフのいうとおりでしょう。もう、ちゃんと通《つう》じる電話《でんわ》がうちにあるのに、わざわざ部品《ぶひん》やなんかをたくさん買《か》って、骨《ほね》をおって電話《でんわ》をつくる——それも、あまりよく通《つう》じないようなやつを——なんて、考《かんが》えてみれば、ばかばかしいことかもしれません。けれども、マーフには、自分《じぶん》たちだけの電話《でんわ》をもつということのたのしさが、わからないのでしょうか？　いったい、このマーフという子《こ》は、どういう子《こ》なのでしょう？

「それに、ぼくは、ロボットつくるんでいそがしいんだ」と、マーフはいいました。

マーフについて一《ひと》ついえることは、マーフのいうことは、いちいちこっちをびっくりさせるということです。

「ロボットって、機械《きかい》で動《うご》く人間《にんげん》のこと？」ヘンリーは、信《しん》じられない気持《きも》ちできました。

ことここにいたって、ヘンリーは、マーフに、すっかりどぎもをぬかれてしまいました。でも、これくらいあたりまえなのかもしれません。なにしろ、犬《いぬ》にトラなどという名《な》まえをつけるくらいの子《こ》なんですから。

「そうだよ。」マーフは、そういって、段《だん》ボールの箱《はこ》の中《なか》から、五ガロン（約《やく》二十リットル）入《い》りの石《せき》油《ゆ》かんを、ひっぱりだしました。石油《せきゆ》かんの上《うえ》には、古《ふる》いトマトソースのかんがついていて、その上《うえ》に、さらにひとまわり大《おお》きいかんがのっていました。ヘンリーが察《さっ》

するに、それは、ロボットの頭《あたま》のようでした。

「この頭《あたま》の上《うえ》に、じょうごをさかさまにのせたら、『オズの魔法《まほう》つかい』のなかに出《で》てくるブリキのきこりみたいになるね。」ヘンリーは、何《なに》かいいことをいってあげようと思《おも》って、そういいました。

この子《こ》は、少《すこ》しかわっているけれど、なかなかおもしろいところのある子《こ》だ、とヘンリーは思《おも》いはじめていました。

「これは、ブリキのきこりなんかじゃないよ。ロボットなんだ」と、マーフはいいました。ヘンリーのいったことが、気《き》にさわったような口《くち》ぶりでした。

ロボットを、おとぎ話《ばなし》のなかの人物《じんぶつ》とくらべるなんて、ぼくも、へまなことをやったもんだ。きっと、マーフに頭《あたま》のよくないやつだと思《おも》われたにちがいない、とヘンリーは思《おも》いました。

「きみ――きみ、これ、ほんとに動《うご》かすつもり?」と、ヘンリーは、おそるおそるきいてみました。

「そうだよ」と、マーフはいいました。「電池《でんち》や、磁石《じしゃく》やなんかで、ちゃんと動《うご》くように考《かんが》えてあるんだ。中《なか》にレコードをしかけて、話《はなし》もするようにしようかと思《おも》ってるんだ。」

これは、ヘンリーの想像《そうぞう》をぜっしたことでした。マーフは、おそらく天才《てんさい》なのです。話《はなし》をする機械人間《きかいにんげん》だって！　このニュースがひろまったら、近所《きんじょ》じゅう大《だい》ひょうばんになるにちがいありません。ヘンリーは、この新《あたら》しい友《とも》だちと、その発明品《はつめいひん》を、穴《あな》のあくほど見《み》ていました。そのうち、ようやく、もう一度《いちど》口《くち》をきくゆうきが出《で》てきたので、いいました。

「その、背中《せなか》の穴《あな》はなんなの？」

「ここから内部《ないぶ》を入《い》れるのさ」と、マーフはこたえました。

そんなことは、きかなくてもわかったはずなのに……。ヘンリーは、はずかしくて、

しばらくは何《なに》もいえませんでした。もう二度《にど》とくだらない質問《しつもん》はしたくないと思《おも》ったので、ヘンリーは、今度《こんど》は、

「これ、なんていう名《な》まえつけるの？」と、きいてみました。

これなら、安全《あんぜん》な、いい質問《しつもん》です。

「ソルボ」と、マーフはこたえました。

「いい名《な》まえだね」と、ヘンリーはいいました。

ソルボなんて、ロボットにふさわしい、宇宙的《うちゅうてき》な、おもしろい感《かん》じがします。ヘンリーは、マーフが、つづけて何《なに》かいってくれるかと思《おも》って待《ま》っていましたが、マーフは、自分《じぶん》のしていることにむちゅうで、口《くち》をきく気《き》はなさそうでした。

「じゃ、ぼく、これで帰《かえ》る」と、ヘンリーは、とうとういいました。

それから、最後《さいご》に、もう一度《いちど》、友《とも》だちらしくふるまおうとして、こういいました。

「もし、チェッカーやりたくなったら、ぼくんちに来《こ》いよ。このブロック、ぐるっと

まわって、クリッキタット通《どお》りにある白《しろ》い家《いえ》だから。」

「チェッカー?」マーフは、半分《はんぶん》うわのそらでききかえしました。「チェッカーか。もう長《なが》いことやってないなあ。チェスやりはじめてから、いっぺんもしてないよ。」

このひとことで、ヘンリーはかんぜんにノックアウトされました。マーフは天才《てんさい》なのです。ずばぬけた頭脳《ずのう》の持《も》ち主《ぬし》なのです。この年《とし》でチェスだって! チェスといえば、あごひげを生《は》やした、かしこい老人《ろうじん》のするものだときまっています。どうりで、マーフは、まじめで、口数《くちかず》が少《すく》ないのです。マーフの頭《あたま》のなかは、もっとだいじな、もっと大《おお》きなことでいっぱいなのです。

「じゃ、またな、マーフ。」

ヘンリーは、すっかりまいってしまったことを、かくそうともしないでいいました。チェッカーをして遊《あそ》ぶふつうの男《おとこ》の子《こ》なんかでなくて、天才《てんさい》であることは、きっとすばらしいことだろう、とヘンリーは思《おも》いました。たぶん、マーフには、できないことなんかないのでしょう。もし、何《なに》かがほしくなれば、発明《はつめい》しさえすればいいのです。そんな子《こ》が、ところもあろうに、この近所《きんじょ》に住《す》むようになるとは！

ヘンリーは、自分《じぶん》が、マーフに、あまりいい印象《いんしょう》をあたえなかっただろうな、と思《おも》いました。だって、マーフのソルボが、ブリキのきこりににているなんていったり、チェッカーのようなやさしいゲームにさそったりしたからです。あんなまぬけなやつとはつきあうのもごめんだ、とマーフが思《おも》わないでくれるといいんだけど、とヘンリーは思《おも》いました。ヘンリーは、ソルボができあがるところを、よく見《み》たいと思《おも》いました。ヘンリーがおぼえているかぎり、この近所《きんじょ》で、ソルボのようなものを見《み》たことはないからです。ヘンリーは、自分《じぶん》が、それほどまぬけではないことをしめすようなことを、何《なに》かいいたい、と思《おも》いました。

「じゃ、またな」と、ヘンリーは最後《さいご》にいいました。「おれ、放課後《ほうかご》、新聞配達《しんぶんはいたつ》してるんで、あんまりひまがないんだ。」

こういえば、マーフにも、ぼくがそうばかではないことがわかるだろう。新聞配達《しんぶんはいたつ》をしてるってことは、そうとうしっかりしてるってことだもんな。

「配達《はいたつ》は、時間《じかん》くうもんな」と、マーフはあいづちを打《う》ちました。今《いま》までヘンリーがいったことで、マーフが興味《きょうみ》をしめしたのは、これがはじめてです。

「二週間《しゅうかん》ほど、代理《だいり》でやってるんだ。」ヘンリーは、話題《わだい》をかえることができたので、うれしくなり、調子《ちょうし》にのっていいました。「そのあと、一人《ひとり》やめることになってるから、そしたら、正式《せいしき》にやるようになると思《おも》うんだ。」

そう口《くち》にしたとたん、ヘンリーは、こんなことをいわなければよかった、とこうかいしました。もしかしたら、マーフも、配達《はいたつ》をやりたいと思《おも》っているかもしれません。

「じゃあな。」ヘンリーは、あわててそういうと、いきおいよく表《おもて》の通《とお》りへ走《はし》りでました。

あああ、まずいことをいってしまった、とヘンリーは帰《かえ》る道《みち》みち考《かんが》えました。今《いま》にも自分《じぶん》に口《くち》がまわってきそうになっていたのに、一人《ひとり》やめる子《こ》がいるだなんて、自分《じぶん》から、この新《あたら》しい、頭《あたま》のずばぬけた子《こ》にいってしまうなんて。おれは、どこまでばかなんだろう。ヘンリーは、われながらいやになりました。こうなれば、マーフも、新《あたら》しい配達《はいたつ》の口《くち》をねらうにきまっています。こんな、チェスをしたり、ソルボという名《な》のロボットをつくるような、頭《あたま》のいい子《こ》とあらそって、自分《じぶん》に、どれほどの勝《か》ち目《め》があるというのでしょう。勝《か》ち目《め》など、ぜんぜんありません。あるもんですか。マーフは、配達《はいたつ》の口《くち》を自分《じぶん》のものにするだけでなく、自分《じぶん》でつくった機械人間《きかいにんげん》に、配達《はいたつ》をやらせるかもしれません。

6

ラモーナの思《おも》わぬおてがら

天才児《てんさいじ》バイロン・マーフィのニュースは、またたく間《ま》に、近所《きんじょ》じゅうにひろまりました。この新《あたら》しい男《おとこ》の子《こ》と、その子《こ》の機械人間《きかいにんげん》をひと目《め》でも見《み》ようと、この近《ちか》くに住《す》む子《こ》は、男《おとこ》の子《こ》も、女《おんな》の子《こ》も、一人《ひとり》のこらず、歩《ある》いて、または、ローラースケートで、あるいは、自転車《じてんしゃ》に乗《の》って、日《ひ》に何度《なんど》も、マーフの家《いえ》の前《まえ》を通《とお》りました。そして、マーフが車庫《しゃこ》で仕事《しごと》をしているのが見《み》えると、みんなは、立《た》ちどまって、少《すこ》しはなれたと

ころから、それをながめました。えんりょして、あまり近《ちか》くへは行《い》かなかったのです。
問題《もんだい》のロボットには、パイプでできた腕《うで》がつき、かんづめのかんでできた頭《あたま》の上《うえ》には、アンテナが立《た》ちました。こうなると、子《こ》どもたちのなかには、ロボットは、完成《かんせい》すればかならず動《うご》くという者《もの》もあり、頭《あたま》からばかにしてかかる者《もの》もありました。
近所《きんじょ》の子《こ》どものなかで、一人《ひとり》だけ、ぜんぜんえんりょしないで、マーフのすぐそばまで行《い》く子《こ》がありました。それは、ラモーナでした。ラモーナは、相手《あいて》が天才《てんさい》でも、少《すこ》しもおそれ多《おお》いとは思《おも》わなかったのです。おかあさんの古《ふる》いハイヒールをひきずって、カランコロン音《おと》をたてながら、ラモーナは、車庫《しゃこ》の中《なか》を、マーフのおしりにくっついて、歩《ある》きまわりました。

近所《きんじょ》の子《こ》どもたちのなかで、たった一人《ひとり》、トラというのが犬《いぬ》につけるいい名《な》まえだと思《おも》ったのも、ラモーナでした。ラモーナは、もし、自分《じぶん》が犬《いぬ》を飼《か》うようになったら、マーフの犬《いぬ》の名《な》をとって、トラという名《な》まえをつけるんだ、といっていました。マーフのほうでは、ラモーナのことなんか、ぜんぜん問題《もんだい》にしていませんでした。でも、ラモーナは、そんなことはいっこうへいきでした。

ヘンリーには、ビーザスが、自分《じぶん》の妹《いもうと》がそんなふうにして、天才《てんさい》の仕事《しごと》のじゃまをするのを、はずかしく思《おも》っていることがわかりました。ヘンリーは、ラモーナに、そんなにうるさくマーフにつきまとうんじゃない、といってやりたい気《き》がしました。けれども、だまっていたほうがいい、と思《おも》いました。ヘンリーは、ソルボができあがっていくようすを見《み》ることにかけては、ほかのどの子《こ》にも負《ま》けないくらい熱心《ねっしん》でしたが、同時《どうじ》に、へたにマーフの注意《ちゅうい》をひいて、マーフに新聞配達《しんぶんはいたつ》のことを思《おも》いださせてはこまる、と思《おも》ったのです。

さて、ある夕《ゆう》がた、スクーターの新聞《しんぶん》を配《くば》りおえたあと、ヘンリーは、床屋《とこや》さんへ、さんぱつに行《い》きました。その帰《かえ》り道《みち》、ヘンリーは、マーフが、自転車《じてんしゃ》に

乗《の》って、自分《じぶん》のほうへやってくるのに会《あ》いました。そのあとから、トラが、半《はん》ブロックもおくれて、ハアハアあえぎながら走《はし》ってきました。ヘンリーは、マーフの肩《かた》に、からっぽの『ジャーナル』のふくろがかかっているのを見《み》て、びっくりしました。ふくろを見《み》たとたん、ヘンリーは、マーフが近所《きんじょ》に引《ひ》っこしてきて以来《いらい》、ずーっと心《こころ》にかかっていた重《おも》いものが、急《きゅう》にとれたような気《き》がしました。

「よう、マーフ。」ヘンリーは、急《きゅう》にうれしくなって、元気《げんき》よくよびかけました。「きみも配達《はいたつ》やってたの。ぜんぜん知《し》らなかった。だって、キャパーさんの車庫《しゃこ》で、ほかの連中《れんちゅう》といっしょにいるのを見《み》たことないもの。」

「ぼくは、まえに住《す》んでたところで、配達《はいたつ》やってるんだ。区域《くいき》がちがうんだよ」と、マーフはいいました。

「ああ、そうか。」ヘンリーは、それ以上《いじょう》、何《なに》もいいませんでした。そうだとすると、この天才《てんさい》に、自分《じぶん》の配達《はいたつ》の口《くち》をとられる心配《しんぱい》はないわけだという考《かんが》えで、頭《あたま》のなかがいっぱいだったからです。それなら、マーフと安心《あんしん》して友《とも》だちになれます。もしかしたら、マーフは、ソルボをつくるのを手伝《てつだ》わせてくれるかもしれません——もちろん、すごい頭《あたま》のいるむずかしいところじゃなくて、マーフにスパナをわたすとか、ねじをしめるとかいった、かんたんなことをです。でも、それだけでも、マーフにとって、ずいぶん時間《じかん》のせつやくになるのではないでしょうか。天才《てんさい》の助手《じょしゅ》——それこそ、ヘンリーがはたすべき役目《やくめ》です。

そこで、土曜日《どようび》、まだ水《みず》ぼうそうで外《そと》へ出《で》られないスクーターをのぞいて、近所《きんじょ》の子《こ》ども全員《ぜんいん》が、ソルボの進《すす》みぐあいを見《み》にマーフの車庫《しゃこ》へ集《あつ》まったとき、ヘンリーは、これ以上《いじょう》、口《くち》をきかずにいる必要《ひつよう》はあるまい、と思《おも》いました。

「あしは何《なに》でつくるの?」と、ヘンリーはききました。

「パイプ」と、マーフはこたえました。「厚手《あつで》のパイプ。どこかにあればね。」

「ぼく、どっかで見《み》つけてきてやろうか?」と、ヘンリーは、熱心《ねっしん》にいいました。

「頭《あたま》に、帽子《ぼうし》のかわりにじょうごをのせたら、ブリキの――」と、女《おんな》の子《こ》がいいかけました。

ヘンリーは、女《おんな》の子《こ》が、つまらない話《はなし》をもちだして、マーフの気《き》をくさらせてはいけないと思《おも》って、あわてていいました。

「スーパーマーケットの近《ちか》くに、水道管《すいどうかん》やなんか売《う》ってる店《みせ》あるよ。あそこへ行《い》ったら、もしかしたら、使《つか》わないはしっこのところ、くれるかもしれないよ。」

マーフは、返事《へんじ》をしませんでした。箱《はこ》の中《なか》の何《なに》かをさがすのに、むちゅうになっていたのです。

ビーザスとラモーナが、こっちへ走《はし》ってきました。みんなといっしょに、マーフのしていることを見《み》るためです。ラモーナは、きょうは、ハイヒールをカランコロンいわせていませんでした。そのかわり、鼻《はな》のてっぺんに、古《ふる》いサングラスのわくをのっけていました。わくは、ラモーナには、てんで大《おお》きすぎたので、落《お》ちないように、ついるを頭《あたま》の後《うし》ろで、ひもでしばってありました。

まったく、あいつが、ぼくの妹《いもうと》でなくてよかったよ、とヘンリーは思《おも》いました。

「あたし、マーフみたいに、めがねかけてんの」と、ラモーナは、うれしそうにいいました。

「ラモーナったら、めがねかける、めがねかけるってきかないの。マーフみたいになるんだっていうのよ」と、ビーザスが、はずかしそうにいいました。「だから、とうとう、おかあさんが、古《ふる》いサングラス出《だ》してきて、レンズをはずして、かけてやったの。」

マーフは、この自分《じぶん》の崇拝者《すうはいしゃ》に、いちべつもくれませんでした。そして、箱《はこ》の中《なか》から、クリスマスツリーにつける豆電球《まめでんきゅう》を見《み》つけだして、そのうちの二《ふた》つを、ロボットの頭《あたま》についている穴《あな》にはめこみました。

「その目《め》、電気《でんき》がつくの?」と、ロバートが、感《かん》にたえないようにききました。

「もちろん」と、マーフはこたえました。

「まあ、マーフ！」と、ビーザスは、大《おお》きな声《こえ》でいいました。「空色《そらいろ》の豆電球《まめでんきゅう》はめこめばいいわ。そしたら、ロボット、青《あお》い目《め》になるもの！」

「ソルボの目《め》は、赤《あか》いんだ」と、マーフはきっぱりいいました。

ビーザスは、赤《あか》くなりました。ロボットに青《あお》い目《め》だなんて、なんてばかなことをいったものでしょう。

「赤《あか》い目《め》、きれいだよねーえ」と、ラモーナが、ますますマーフのそばにくっついていきながらいいました。

そして、マーフのひじの横《よこ》に立《た》ったまま、口笛《くちぶえ》をふく練習《れんしゅう》を始《はじ》めました。口《くち》をすぼめて、ふくのですが、音《おと》になりません。そこで、今度《こんど》は、口《くち》をすぼめたまま、息《いき》をすいました。すると、びんの口《くち》にくちびるをあててふいたときに出《で》るような、ホーホーという音《おと》が出《で》ました。それは、聞《き》いていて気持《きも》ちのいい音《おと》ではありませんでしたが、ラモーナは、それが気《き》に入《い》ったらしく、何度《なんど》も何度《なんど》も、鳴《な》らしました。

「シーッ、ラモーナ」と、ビーザスは、小声《こごえ》でいいました。「マーフの、じゃまになるわよ。」

「そうだよ」と、ヘンリーもいいました。ラモーナに、天才《てんさい》のじゃまをしてもらいたくありません。「しずかにしてろ。」

けれども、ラモーナは、へいきで、口笛《くちぶえ》をふきつづけました。

スクーターのかわりに新聞配達《しんぶんはいたつ》をするのと、マーフのソルボのできぐあいを見《み》るのとで、ヘンリーの時間《じかん》は、どんどんすぎていきました。そして、とうとう、スクーターがよくなって、自分《じぶん》で配達《はいたつ》ができる日《ひ》がやってきました。その日《ひ》、ヘンリーは、また友《とも》だちにもどったスクーターといっしょに、キャパーさんの車庫《しゃこ》に行《い》きました。

「ねえ、キャパーさん。」ヘンリーは、スクーターのかわりに、りっぱに配達《はいたつ》をつとめたことにすっかり自信《じしん》をもっていいました。「ぼくに、チャックのあと、やらせてくれますね。」

キャパーさんは、やさしそうな目《め》で、じっと、ヘンリーを見《み》ました。その目《め》が、あまりやさしそうだったので、ヘンリーは、もしかしたら、これはだめなのかもしれない、と思《おも》いました。そして、思《おも》わず、からだをかたくして、返事《へんじ》を待《ま》ちました。

「それがね、ヘンリー。そうはできないんだよ」と、キャパーさんは、気《き》の毒《どく》そうにいいました。

「今《いま》になって、だ…だめだっていうんですか？」ヘンリーは、つっかえながらききました。キャパーさんのいったことがまちがいであってくれればいい、とねんじながら。

「きみには、ほんとにすまないんだがね」と、キャパーさんはいいました。

すっかり、あてがはずれて、がっかりしたヘンリーは、キャパーさんをじっと見《み》ました。あんまり胸《むね》がいっぱいで、なんにもいえませんでした。そりゃ、キャパーさんは約束《やくそく》してくれたわけではないけれど、ヘンリーは、今度《こんど》こそはだいじょうぶだと、信《しん》じきっていたのです。

「なんだ、キャパーさん」と、スクーターが抗議《こうぎ》しました。

いつもなら、「ヘン！」といってからかうはずのスクーターが、自分《じぶん》の味方《みかた》に立《た》ってくれたので、ヘンリーは、ゆうきが出《で》ました。

「ぼく——ぼく、チャックのあとに、だれかかわりをさがしているのだと思《おも》ってたのに」と、ヘンリーは、思《おも》いきっていってみました。

「そうなんだ」と、キャパーさんはこたえました。「ところがね、ほかの地区《ちく》の支配《しはい》人《にん》から電話《でんわ》があって、その地区《ちく》で配達《はいたつ》やってた子《こ》が、一人《ひとり》、こっちへ、うつりたいといってるっていうんだ。」

「そう。」ヘンリーは、みじめな気持《きも》ちでいいました。

そうなのか。だから、ぼくに、口《くち》がまわってこないんだな。なにもべつに、ぼくが何《なに》かへまをやったからっていうわけではないんだ。とはいうものの、ヘンリーはやっぱり、ゆううつでした。ヘンリーがどんなに配達《はいたつ》をやりたがっているか知《し》っている人《ひと》は、だれかべつの子《こ》が配達《はいたつ》を始《はじ》めたら、へんに思《おも》うでしょう。だれだって、キャパーさんが、ヘンリーはだめだと思《おも》ったのだと思《おも》うにきまっています。

ヘンリーは、ほかの配達員《はいたついん》に、このやりとりを見《み》られたということで、とくべつ、自尊心《じそんしん》をきずつけられました。もっと早《はや》く来《き》て、キャパーさんと二人《ふたり》きりで、話《はなし》をすればよかったものを……。ヘンリーは、スクーターがつめている『ジャーナル』のふくろを、みじめな気持《きも》ちでけりました。

このとき、とつぜん、おそろしい疑惑《ぎわく》の念《ねん》が、ヘンリーの心《こころ》にとびこんできました。

「あの、キャパーさん。よかったら、その新《あたら》しい配達員《はいたついいん》の子《こ》の名《な》まえ、教《おし》えてくれませんか？」

「こうっ、と、」キャパーさんは、まゆにしわをよせて考《かんが》えこみました。「バイロンなんとか――いや、ちがったかな。」

「バイロン・マーフィですか？」ヘンリーは、とっさにききました。

「そう、そう、そういう名《な》だった」と、キャパーさんはいいました。

やっぱり、マーフだったのか、くそっ！　こっちは、親切《しんせつ》に、やつのロボットのあしにする、パイプをさがしてやろうとまでいってるのに。まったく、りっぱな友《とも》だちだよ！

「知《し》ってる子《こ》なのか？」と、キャパーさんがききました。

「まあね」と、ヘンリーはつぶやきました。

やれやれ。マーフは、はじめっから配達《はいたつ》やってたんだし、ぼくは、これからってとこだったんだから、どうすることもできないさ、とヘンリーは考《かんが》えました。今《いま》までやってたってことだけで、新《あたら》しい子《こ》より条件《じょうけん》はいいわけです。なにも、ヘンリーが、へまをやったからということではありません。ただ、マーフには経験《けいけん》があり、地区支配人《ちくしはいにん》が、口《くち》をきいてくれたということなのです。むりもないさ、とヘンリーは思《おも》いました。天才《てんさい》は、どんなことでもできるんだ、どんなことでも。

このことがあってから、ヘンリーは、マーフがこの近《ちか》くへ引《ひ》っこしてこなかったらよかったのに、と思《おも》うようになりました。ちぇっ、天才《てんさい》か、とヘンリーは、いまいましい思《おも》いでつぶやきました。マーフが、新聞配達《しんぶんはいたつ》もやり、天才《てんさい》でもあるというのは、不公平《ふこうへい》な気《き》がしました。

毎日《まいにち》、夕《ゆう》がた、ヘンリーは、新聞配達《しんぶんはいたつ》を終《お》えたマーフが、からの『ジャーナル』のふくろを肩《かた》にかけ、ハアハアあらい息《いき》をしているトラをあとにしたがえて、クリッキタット通《どお》りを、自転車《じてんしゃ》で通《とお》るのをながめました。このすがたが、なおのことヘンリーのしゃくにさわりました。一度《いちど》、ヘンリーは、マーフの家《いえ》の前《まえ》を、自転車《じてんしゃ》で走《はし》りぬけながら、「おまえのおんぼろロボットなんか、動《うご》くもんか！」と、どなってやったことがあります。だれも聞《き》いてはいませんでしたが、思《おも》ってることをはきだしただけで、ずいぶん、胸《むね》がすっとしました。

そのようなある日《ひ》、ヘンリーがＹＭＣＡ《ワイエムシーエイ》で泳《およ》いだ帰《かえ》り道《みち》、ビーザスのうちの近《ちか》くの角《かど》を曲《ま》がると、ラモーナが、腕《うで》いっぱいに『ジャーナル』をかかえて、歩道《ほどう》でスキップをしていました。マーフのすがたはどこにも見《み》えません。

へんだな、とヘンリーは思《おも》いました。

「おいっ！」自転車《じてんしゃ》に乗《の》って、角《かど》からあらわれたマーフが、どなりました。「ぼくの新聞《しんぶん》、返《かえ》せよ！」

ラモーナは、走《はし》りだし、マーフが、あとを追《お》いました。

へえっ、こいつはおどろいた。ヘンリーは、自転車《じてんしゃ》を止《と》めて、かた足《あし》を歩道《ほどう》についいたまま、このおもしろい光景《こうけい》をながめました。

マーフは、ラモーナに追《お》いつくと、自転車《じてんしゃ》からとびおり、

「おれの新聞《しんぶん》、返《かえ》せよ！」と、どなりました。

「いやーん。」ラモーナは、キイキイ声《ごえ》をはりあげました。「あたしが配達《はいたつ》するう。あたし、新聞配達《しんぶんはいたつ》なんだもん！」

マーフは、新聞《しんぶん》をつかみました。ラモーナは、はなすまいとして、新聞《しんぶん》にしがみついたまま、ものすごい声《こえ》をはりあげました。あちこちの家《いえ》の窓《まど》から、近所《きんじょ》の人《ひと》が顔《かお》を出《だ》しました。玄関《げんかん》の戸《と》もあいて、何《なに》ごとかと、人《ひと》が出《で》てきました。トラも、この場《ば》にやってきましたが、トラはただ寝《ね》そべって、くたびれたようすを見《み》せただけでした。

ヘンリーは、もっとよく見《み》ようと、もう少《すこ》しそばまで行《い》きました。マーフが、とてもこまって、はずかしそうにしているのが見《み》てとれました。むりもありません。近所《きんじょ》じゅうの人《ひと》が見《み》ている前《まえ》で、レンズの入《はい》っていないサングラスを頭《あたま》のまわりにむすび

つけた四《よっ》つの女《おんな》の子《こ》と、とっくみあいをするんですから。マーフは、すごく、まがぬけて見《み》えました——どう見《み》ても天才《てんさい》には見《み》えません。

マーフは、むりやりラモーナの手《て》から新聞《しんぶん》をとりあげました。ラモーナは歩道《ほどう》にひっくりかえり、足《あし》をバタバタさせながら、ありっ

たけの声《こえ》でわめきました。

「あたしの新聞返《しんぶんかえ》してよう！」

「これはきみの新聞《しんぶん》じゃない。」マーフは、こまったのとはずかしいのとで、耳《みみ》までまっかになりながらいいました。

いったん、ラモーナがこういうふうにあばれだしたら、どんなに手《て》がつけられないかよく知《し》っているヘンリーは、マーフを気《き》の毒《どく》に思《おも》わないでもありませんでした。マーフは、今度《こんど》は、さっきのようにどなりませんでした。近所《きんじょ》の人《ひと》が見《み》ているので、あまりとりみだしているところを見《み》せたくなかったのでしょう。

ラモーナが、こぶしをかためて、道《みち》をたたいているのを見《み》て、ヘンリーは、思《おも》わずにやっとわらってしまいました。ヘンリーの見《み》るところ、ラモーナのかんしゃくは、だんだん本式《ほんしき》になりつつあり、ラモーナのかんしゃくになれていないマーフとしては、なにがなんでも、ここからにげだしたいと思《おも》っていることが、よくわかったからです。

このとき、四《よ》つ角《かど》から、ビーザスが、走《はし》ってきました。

「ラモーナ・クインビー！」ビーザスは、きびしい声《こえ》でさけびました。「だまって出《で》ていっちゃだめじゃないの。たった今《いま》、立《た》ちなさい！」

ラモーナは、セメントの上《うえ》で足《あし》をけり、もうれつな声《こえ》でわめきました。いまに、そうするだろうと、ヘンリーが思《おも》ったとおりでした。

「ごめんなさいね、マーフ」と、ビーザスはあやまりました。「いつの間《ま》にぬけだしたのか、わからなかったの。」

マーフは、まるで、自《じ》分《ぶん》がしかられるとでも思《おも》っていたのか、ちょっとびくびくしていました。そして、新聞《しんぶん》をとりあげると、消《き》えてなくなりたいとでもいうように、背中《せなか》を丸《まる》めて自転車《じてんしゃ》に乗《の》りました。

一方《いっぽう》、ビーザスは、妹《いもうと》の手《て》をつかんで、自分《じぶん》の足《あし》もとへひきよせようとしていました。ラモーナは、ぐにゃぐにゃで、まるで、骨《ほね》なしのぼろぎれ人形《にんぎょう》みたいでした。ビーザスは、ラモーナのわきの下《した》へ手《て》を入《い》れて、家《いえ》のほうへ、ひきずりはじめました。トラは、のっそり立《た》ちあがり、くたびれたようすで、トコトコ、マーフのあとを追《お》いました。

ヘンリーは、マーフと顔《かお》をあわすのがいやなので、マーフが行《い》ってしまうまで、しばらく待《ま》っていました。それから、自転車《じてんしゃ》で、ビーザスのところまで行《い》って、ラモーナのわめき声《ごえ》に負《ま》けない声《こえ》でよびかけました。

「よう、手伝《てつだ》ってやろうか？」

「もう、どうしたらいいのか、さっぱりわからないわ」と、ビーザスはいいました。

ラモーナは、泣《な》くのをやめて、耳《みみ》をすましました。

「ラモーナったら、新聞《しんぶん》を配達《はいたつ》するって、きかないんですもの。」

「あたし、新聞配達《しんぶんはいたつ》だあ」と、ラモーナはいいました。「あたし、配達《はいたつ》するんだもん。」

「だまんなさい」と、ビーザスは、ぴしゃっといいました。

「マーフのやつ、だいぶこたえてたぜ。」ヘンリーは、自分《じぶん》がどんなにいい気持《きも》ちだと思《おも》ったかを、できるだけ表《おもて》に出《だ》すまいとしながらいいました。

ビーザスは、ため息《いき》をつきました。

「あなた、知《し》ってるでしょ。ラモーナが、何《なに》かのつもりになったら、どうなるか。」

「知《し》ってるさ」と、ヘンリーは、うなずきました。古新聞回収《ふるしんぶんかいしゅう》のとき、ラモーナがおサルになったつもりでいて、どんなにてこずらされたか思《おも》いだしたのです。

まあ、いいさ。マーフも、そのうちに、ラモーナをどうあつかえばいいか考《かんが》えだすさ。マーフには、できないことなんてないんだから。そこが、天才《てんさい》のべんりなところだからな、とヘンリーは思《おも》いました。

そのあとにつづいた何日《なんにち》か、ヘンリーの心《こころ》は、しずみがちでした。ヘンリーはノージーと遊《あそ》び、アバラーにブラシをかけてやり、YMCA《ワイエムシーエイ》へ泳《およ》ぎにいきました――いつもするようなことを、全部《ぜんぶ》やったのです――けれども、どこかしっくりしないのです。

どういうものか、何《なに》をしても、おもしろくないのです。もし、マーフのように頭《あたま》がよければ、自分《じぶん》のロボットを考《かんが》えだして、それで時間《じかん》をつぶすことができたでしょう。けれども、残念《ざんねん》ながら、ヘンリーは、マーフのように、頭《あたま》がよくないのです。

ところが、ある日《ひ》の午後《ごご》、ヘンリーが、自転車《じてんしゃ》を車庫《しゃこ》に入《い》れようとしていると、おどろいたことに、マーフが、からの『ジャーナル』のふくろを肩《かた》にかけて、自分《じぶん》のほうへやってくるではありませんか。いったい、これは、どういうことなんだろう、とヘンリーは思《おも》いました。そして、用心《ようじん》のため、マーフのほうから口《くち》をきくまでだまっていることにしました。

マーフは、いきなり用件《ようけん》をきりだしました。

「きみ、配達《はいたつ》やってくれよ。」

ヘンリーは、あんまりびっくりしたので、ものがいえませんでした。

マーフは、ひどく、こまったふうに見《み》えました。

「配達《はいたつ》してくれっていったんだ」と、マーフはくりかえしました。

「きみ、もうやりたくないの？」ヘンリーは、信《しん》じられない、といったふうにききました。

「うん」と、マーフはいいました。

トラが、追《お》いついて、ドタッとくずれるように寝《ね》そべって、ハアハア息《いき》をつきました。

「どうして？」ヘンリーは、新聞配達《しんぶんはいたつ》をやっている子《こ》が、それを自分《じぶん》からあきらめるなんて、信《しん》じられませんでした。

「ラモーナなんだ」と、マーフはこたえました。

「ラモーナ！」ヘンリーは、とてもほんとうとは思《おも》えませんでした。「だって、ラモーナなんか、ただの子《こ》どもじゃないか！」

天才《てんさい》が、四歳《さい》の子《こ》どもになめられるなんて！　もし、これほどびっくりしていなかったら、ふきだしていたところでした。

「それはそうなんだけど」と、マーフは、しょげたふうにいいました。「でも、どうにも手《て》に負《お》えないんだよ。」

ヘンリーは、返事《へんじ》をしないために、自転車《じてんしゃ》のチェーンに、故障《こしょう》があるのを見《み》つけたふりをしました。もちろん、ヘンリーは、新聞配達《しんぶんはいたつ》はやりたいと思《おも》いました。もう、何週間《なんしゅうかん》もまえから、そうねがってきたのです。それに、ラモーナが、マーフを、どんなにひどく、てこずらせたか知《し》りませんが、自分《じぶん》は、四歳《さい》の女《おんな》の子《こ》にじゃまだてをさせるつもりはありませんでした。ヘンリーが返事《へんじ》をしかねていたのは、ラモーナのせいではありませんでした。キャパーさんのことだったのです。キャパーさんが、ヘンリーに、配達《はいたつ》をしてもいいといってくれるかどうか、自信《じしん》がなかったのです。

マーフは、そんなヘンリーの心《こころ》のうちを察《さっ》したにちがいありません。というのは、足《あし》もとに目《め》を落《お》としたまま、こういったからです。

「キャパーさんは、いいっていってるんだ。」

それから、しばらくもじもじしたあとで、こういいました。

「ぼく、きいたんだ。そしたら、きみにやってもらうのは大歓迎《だいかんげい》だって。」

配達《はいたつ》はおれのものだ。キャパーさんが、そういったんだ。ヘンリーは、目《め》のくらむ思《おも》いでした。

マーフは、このうえなくみじめそうに、こうつづけました。

「きみが配達《はいたつ》やりたいとわかっていたんだから、はじめから、きみにまわせばよかったんだ。けど、どうしても、配達《はいたつ》しなくちゃいけなかったんだ。パパは、引《ひ》っこしまえの地区《ちく》で配達《はいたつ》するのは、遠《とお》すぎてだめだっていうし、ぼく、ソルボの部品買《ぶひんか》うのに、どうしてもお金《かね》が必要《ひつよう》だったんだよ。パパにいわせれば、ソルボは、時間《じかん》のむだだって。だから、ぼく、部品《ぶひん》のお金《かね》は、どうしても自分《じぶん》でかせがないとだめなんだ……だからさ、とにかく、配達《はいたつ》の口《くち》もってないとだめだったんだよ。けど、最近《さいきん》じゃ、あんまりいろいろめんどうなことになるもんだから、こんな調子《ちょうし》じゃ、そのうちにやめさせられたかもしれないし、それに、どっちみち、もうやりたくないんだ。ごたごたばかりおこって、そのあとしまつをするのに、あんまり時間《じかん》がかかるもんだから、ソルボをやる時間《じかん》がないんだよ……。」

マーフの声《こえ》は、細《ほそ》くなって、とぎれました。そして、マーフは、めがねごしに、悲《かな》しそうに、ヘンリーをじっと見《み》つめました。

ヘンリーは、正直《しょうじき》なところ、マーフが気《き》の毒《どく》になりました。ロボットをつくるのは時間《じかん》のむだだなんて考《かんが》えるおとうさんをもつことは、つらいことにちがいありません。それに、めがねをかけなければならないことも、野球《やきゅう》がうまくないことも。それに、まあ、マーフは、アバラーのようないい犬《いぬ》すらもっていないじゃありませんか。マーフのもっているのは、くたびれた、よぼよぼのトラだけです。それから、ヘンリーは、はっとわれに返《かえ》り、マーフのいったことの重要性《じゅうようせい》に気《き》がつきました。自分《じぶん》はほんとうに新聞配達《しんぶんはいたつ》になれたのです。

「いいよ、マーフ」と、ヘンリーは、やっとの思《おも》いでこたえました。「ぼく、配達《はいたつ》ひきうけるよ。」

「よかった。」マーフは、明《あき》らかにほっとしたようでした。

マーフは、ふくろを肩《かた》からはずし、ズボンのおしりのポケットから配達簿《はいたつぼ》を出《だ》すと、二《ふた》つともヘンリーにわたしました。それから、今《いま》までやったことのうめあわせをしようとでもいうように、熱心《ねっしん》に話《はな》しはじめました。

「ぼく、どうやって部品買《ぶひんか》うお金《かね》もうけるか、そのめどがつくまで、ソルボのことは、しばらくおあずけにしとかなきゃいけないんだよ。もし、きみが、いつかいってた、あのぼくたちだけの専用電話《せんようでんわ》の話《はなし》ね、あれ、まだやりたいと思《おも》ってるんだったら、材《ざい》料《りょう》は、ほとんどうちにあるぜ。それに、やりかただって、図書館《としょかん》へ調《しら》べにいかなくてもだいじょうぶだよ。ぼく、どうすればいいか知《し》ってるから。」

「知《し》ってんの！」ヘンリーは、思《おも》わず大声《おおごえ》をあげました。「すごいじゃないか！」

やっぱり、近所《きんじょ》に天才《てんさい》が一人《ひとり》いるっていうのは、いいことです。

「今度《こんど》の土曜《どよう》にでも始《はじ》めようか」と、マーフは、帰《かえ》りかけながらいいました。「きみ、ふだんの日《ひ》は、夕《ゆう》がたまで、配達《はいたつ》でいそがしいだろ。」

「そうだな。配達《はいたつ》に、かなり時間《じかん》とられるからな」と、ヘンリーはいいました。

「じゃ、またな。土曜日《どようび》に会《あ》おうぜ。」

ふってわいたようなこの幸運《こううん》に、ぼんやりしてしまって、ヘンリーは、しばらくの間《あいだ》、車庫《しゃこ》の前《まえ》に立《た》ちつくしていました。自分《じぶん》は、ようやく配達《はいたつ》の口《くち》にありつけたのです。それも、万事《ばんじ》ラモーナのおかげで。でも、なんだか、まだ信《しん》じられません。こうして、『ジャーナル』のふくろも、名簿《めいぼ》も、ちゃんと手《て》の中《なか》にあるのに、幸運《こううん》は、ほんとうとは思《おも》えませんでした。

次《つぎ》の日《ひ》、学校《がっこう》で、ヘンリーは、自分《じぶん》が新聞配達《しんぶんはいたつ》になったのは、ほんとうだということを自分《じぶん》に思《おも》いこませるために、会《あ》う人《ひと》ごとに、その話《はなし》をしました。

とうとう学校《がっこう》が終《お》わると、ヘンリーは、まっすぐ、キャパーさんの車庫《しゃこ》へ行《い》きました。やっと、念願《ねんがん》かなって、配達《はいたつ》なかまに入《はい》れたのです。ヘンリーは、うれしくてたまりませんでした。配達《はいたつ》に出《で》かけるとき、肩《かた》にかける新聞《しんぶん》の重《おも》みさえ、こころよく感《かん》じられました。配達《はいたつ》は、ほんとうだったのです。ほんとうに、やれることになったのです。

ところが、出《で》かけて間《ま》もなく、ヘンリーは、あるものを見《み》て、足《あし》を止《と》めました。ラモーナが、歩道《ほどう》のところにすわっていたのです。両足《りょうあし》を、みぞの中《なか》に入《い》れて、両手《りょうて》をひざの上《うえ》でしっかり組《く》みあわせて。ラモーナは、もうサングラスはかけていませんでした。ビーザスのすがたはどこにも見《み》えませんでした。

「やあ、こんにちは、ラモーナ」と、ヘンリーはいいました。自分《じぶん》に配達《はいたつ》の口《くち》をまわしてくれたことに、遠《とお》まわしにお礼《れい》をいったのでした。

「こんにちは、ヘンリー」と、ラモーナは、すましていいました。

マーフのやつ、なんで、あれほど手《て》をやいたのか、わけがわからない。ヘンリーは、自分《じぶん》にそういいきかせながら、新聞《しんぶん》を配《くば》りつづけました。ラモーナは、お行儀《ぎょうぎ》よく、道《みち》のはしっこに、すわっていました。ただ、じっと見《み》てたいだけなのさ、とヘンリーは思《おも》いました。こっちは、もうおとなで、仕事《しごと》もってるんだからな。ラモーナのやつ、きょうは、サングラスのわくをかけてないから、新聞配達《しんぶんはいたつ》のことは、もうすっかり、わすれてしまっているさ。ヘンリーは、マーフが、歩道《ほどう》のはしっこにすわって、ひざの上《うえ》で

手《て》を組《く》んでいる小《ちい》さな女《おんな》の子《こ》におどかされたことを考《かんが》えると、にやっとわらってしまいました。

ヘンリーは、元気《げんき》いっぱい、次《つぎ》の通《とお》りへと自転車《じてんしゃ》を進《すす》めました。けれども、新聞《しんぶん》を投《な》げているうち、何《なに》かわるいことがおこっているような、落《お》ちつかない気分《きぶん》になってきました。ラモーナが、あんなにお行儀《ぎょうぎ》がいいなんて、どうも不自然《ふしぜん》です。きっと、何《なに》かやらかすつもりにちがいありません。

ねんのため、ヘンリーは、その場《ば》で、U《ユー》ターンして、もう一度《いちど》、ラモーナのいた通《とお》りへもどりました。すると、どうでしょう。ラモーナは、ヘンリーが今配《いまくば》ったばかりの新聞《しんぶん》を、両手《りょうて》にいっぱいかかえて、歩道《ほどう》の上《うえ》でスキップしているじゃありませんか。そして、あっち、こっちと、でたらめに、新聞《しんぶん》を投《な》げちらしていました。

ちきしょう、あのラモーナめ！　こんなことだろうと思《おも》った。

「おいっ、やめろよ！」ヘンリーは、かんかんになってどなりました。

ラモーナは、新聞《しんぶん》の一《ひと》つを、芝生《しばふ》に投《な》げました——そこはちがうのに。ヘンリーは、ラモーナのあとを追《お》いかけました。ラモーナのそばまで来《く》ると、自転車《じてんしゃ》を道《みち》ばたに転《ころ》がしておいて、ラモーナの持《も》っている新聞《しんぶん》につかみかかりました。

「返《かえ》せよ。」ヘンリーは、おそろしい声《こえ》でいいました。

「いやん！」ラモーナは、わめきました。「あたしが配達《はいたつ》するんだあ！」

ヘンリーは次《つぎ》に何《なに》がおこるか、わかっていました。まえに、一部始終《いちぶしじゅう》見《み》ていたからです。ただ、あのときは、おもしろいと思《おも》ったけれど、きょうは、ちがいます。いったい、ビーザスはどこにいるんだ？　ビーザスなら、どうすればいいか知《し》っているのに。

ヘンリーは、新聞《しんぶん》をつかんで、ゆさぶって、ラモーナの手《て》からとりあげました。ラモーナは、予想《よそう》にたがわず、歩道《ほどう》のまん中《なか》にひっくりかえりました。マーフのときは、ここへおれがやってきたんだ、とヘンリーは、にがにがしく思《おも》いだしました。

ラモーナは、耳《みみ》がいたくなるような悲鳴《ひめい》をあげて、両手《りょうて》で、ヘンリーのくるぶしをひっつかみました。ヘンリーは、その手《て》をふりほどこうとしましたが、ラモーナは、しっかりつかんではなしません。

「ビーザス！」ヘンリーは、ありったけの声《こえ》でさけびました。「ビーザス、来《き》て！」

あちこちの窓《まど》があいて、顔《かお》がのぞきました。ヘンリーは、そんなところにつっ立《た》って、大声《おおごえ》をあげて、女《おんな》の子《こ》に助《たす》けをもとめるなんて、自分《じぶん》がいかに、まがぬけていて、非事務的《ひじむてき》か、いやというほど感《かん》じました。とちゅう、よその犬《いぬ》とけんかを始《はじ》めるといけないというので、家《いえ》にのこされていたアバラーは、ヘンリーのさけび声《ごえ》を聞《き》きつけて、走《はし》ってきました。

ビーザスが、家《いえ》からとびだしてきました。

「ラモーナ・ジェラルディン・クインビー！」ビーザスは、もう、どうにもこうにもやりきれないといった声《こえ》でさけびました。「あなた、うちの中《なか》にいなきゃいけなかっ

たはずでしょ。おかあさんが、自分《じぶん》のへやでじっとしてなさいって、いったでしょ。」
アバラーは、もうれつにほえました。
「あたし、新聞配達《しんぶんはいたつ》だあ。」ラモーナは、まだごうじょうをはりました。
「おれの足《あし》、はなし

てくれよ、たのむ」と、ヘンリーはいいました。近所《きんじょ》じゅうが見《み》ているところで、四《よっ》つの女《おんな》の子《こ》にタックルされるなんて！　ヘンリーは、一瞬《いっしゅん》、マーフに心《こころ》から同情《どうじょう》しました。

アバラーが、ラモーナのつりズボンを、歯《は》でくわえました。ビリビリと布《ぬの》のやぶける音《おと》がしました。ラモーナが、火《ひ》のついたように泣《な》きました。

「アバラー、やめろ！」と、ヘンリーは命令《めいれい》しました。

こうなれば、おそらく、みんなは、アバラーのことを、ラモーナにかみついた、どう猛《もう》な犬《いぬ》だと思《おも》うでしょう。それが、どんなおそろしい結果《けっか》をまねくか、知《し》れたものではありません。

ビーザスは、ラモーナの指《ゆび》を一本《ぽん》一本《ぽん》こじあけて、ヘンリーの足《あし》からはなすと、妹《いもうと》をうちのほうへ、ひきずっていきはじめました。

「アバラー、しずかにしろ！」ヘンリーは、ほえている犬《いぬ》に向《む》かっていいました。「もう、いいんだったら。ラモーナは、なにも、おれのこと、いたくしてたわけじゃないんだから。」

「ごめんなさいね、ヘンリー」と、ビーザスは、泣《な》きわめいているラモーナの声《こえ》に負《ま》けないようにいいました。「あたし、どうしたらいいかわかんない。――ラモーナ、泣《な》きやみなさいったら！――おかあさんは、ラモーナに、新聞配達《しんぶんはいたつ》が終《お》わるまで、外《そと》に出《で》ちゃいけないっていったのよ。だのに、ラモーナったら、きょうは出《で》ないでいたかと思《おも》ったら、もう次《つぎ》の日《ひ》には出《で》ているんだもの。」

「なんとかしなきゃだめだよ」と、ヘンリーは、必死《ひっし》になっていいました。「新聞《しんぶん》がきてないっていって、みんなからじゃんじゃん電話《でんわ》かかってきたら、こまるんだよ。おれ、配達《はいたつ》やめさせられるもの。なんとかならないのか？」

「いろいろやってみたのよ」と、ビーザスはこたえました。「こまったことに、ラモーナは、何《なに》かしちゃいけないっていわれると、よけいそれをやろうとするのよ。おかあさんは、ラモーナは、根《ね》っからのあまんじゃくだっていっているわ。」

「うん、そうだよな。」ヘンリーは、ラモーナをじっと見《み》ながら、ゆううつそうにいいました。

ラモーナは、いつの間《ま》にか泣《な》きやんで、ヘンリーとビーザスの話《はなし》に聞《き》き耳《みみ》をたてていました。人《ひと》が自分《じぶん》に注意《ちゅうい》を向《む》けてくれていると知《し》って、すっかりとくいになっているラモーナを見《み》ているうちに、ヘンリーは、むらむらと腹《はら》がたってきました。なんだっていうんだ、こいつは？　なんで、この子《こ》のために、大《おお》さわぎしなきゃならないんだ？　たかが、保育園《ほいくえん》へ行《い》って、砂場《すなば》で遊《あそ》んでいる女《おんな》の子《こ》じゃないか。ようし、こんなやつにじゃまされてたまるか。こっちは十一で、向《む》こうはただの四《よっ》つだぞ。こいつにじゃまをさせない手《て》だてを考《かんが》えつかないようじゃ、おれも、頭《あたま》がいいとはいえないぞ。そりゃ、おれは天才《てんさい》じゃないかもしれないけど、でも、少《すく》なくとも、四《よっ》つの子《こ》よりは、頭《あたま》はいいはずだ。もし、ここでこいつに、このあと遊《あそ》びをやめさせなかったら――こっちでなんとか手《て》を打《う》たないかぎり、やめはしないだろうが――おれも、マーフと同《おな》じはめになる。しょっぱなから、キャパーさんのところへ出《で》かけていって、「ぼく、配《はい》達《たつ》やれません、保育園《ほいくえん》へ行《い》ってる四《よっ》つの女《おんな》の子《こ》が、じゃますするんです」なんて、いえるもんか、死《し》んでもいわないぞ！

ヘンリーは、ラモーナをぐっとにらみつけ、いっしょうけんめい考《かんが》えました。なんとか頭《あたま》をひねって、ラモーナを負《ま》かさないと……しかし、どうやって？　このまえ、ラモーナがおサルさんになったつもりでいたときは、うまくやりました。今度《こんど》もあのようにやらなければ……。古新聞《ふるしんぶん》を持《も》ってきて、おりたたみ、それをラモーナに配《くば》らせるか。いや、それはだめだ。みんなが、それを拾《ひろ》って、ヘンリーが、古新聞《ふるしんぶん》を配《くば》ったと思《おも》うでしょう。なんとかして、ラモーナに、自分《じぶん》は新聞配達《しんぶんはいたつ》だと思《おも》うことをやめさせなければいけないのです。そのためには……そのためには、いったい、どうすればいいというのでしょう。と、とつぜん、ヘンリーの頭《あたま》に、霊感《れいかん》がひらめきました。

時間《じかん》さえあれば……。

ヘンリーは、腕時計《うでどけい》を見《み》ました。新聞《しんぶん》は、六時《じ》までに配《くば》ればいいのです。ということは、配達《はいたつ》を一時中止《いちじちゅうし》して、この考《かんが》えがうまくいくかどうかためすのに、三十分《ぷん》はあるということです。必要《ひつよう》なのは、箱《はこ》が一《ひと》つと、針金《はりがね》が少《しょう》しょう、はさみと、赤《あか》い絵《え》の具《ぐ》──いや、おかあさんの口《くち》べにのほうがてっとり早《ばや》い──と、そのほかにちょっとしたものだ。

「ビーザス、きみ、ラモーナをつかまえていて」と、ヘンリーはいいました。「ぼく、三十分《ぷん》以内《いない》にもどってくる。どんなことがあっても、ラモーナつかまえててくれよな。」

どうなるのでしょう。何《なに》が始《はじ》まるのでしょう。ラモーナは、知《し》りたくてたまらなくなったようです。

「ヘンリー、あなた、何《なに》するの？」と、ビーザスは、走《はし》っていくヘンリーのあとからききました。

「いまにわかるさ。」ヘンリーは、ひみつめかしてこたえました。「来《こ》い、アバラー！」

ヘンリーは、できるだけ急《いそ》いでうちに帰《かえ》りました。そして、うちにつくと、ばたばた仕事《しごと》にかかりました。急《いそ》がなくては、配達《はいたつ》の時間《じかん》に間《ま》にあいません。ボール紙《がみ》の切《き》りおとしや、セロハンテープの切《き》れはしが、床《ゆか》に落《お》ちました。けれども、ヘンリーは拾《ひろ》おうともしませんでした。時間《じかん》がないのです。ついに、時間《じかん》ぎりぎりに、ヘンリーの発明品《はつめいひん》はできあがりました。

ヘンリーの発明品《はつめいひん》は、帽子入《ぼうしい》れのまるいボール箱《ばこ》でできていて、そのてっぺんに、針金《はりがね》でできたハンガーがさかさまにくっついていました。箱《はこ》の一方《いっぽう》に、目《め》と口《くち》がくりぬいてあり、それは、おかあさんの口《くち》べにでふちどりがしてあります。ラモーナが、赤《あか》い目《め》がすきだからです。ヘンリーは、箱《はこ》を頭《あたま》にのせ、鏡《かがみ》を見《み》てみました。ふむ、わるくない。なかなか、どうして、わるくないぞ。ほんとにぞっとするようだ。そりゃ、できばえは、あまりよくないけど、でも、なわとびのなわを、サルのしっぽと思《おも》いこむような子《こ》だもの、どうってことはないさ。

「どうしたの、ヘンリー！」ヘンリーが、居間《いま》を走《はし》りぬけようとしたとき、おかあさんがいいました。「びっくりするじゃないの！」

話《はな》しているひまはありませんでした。ヘンリーは、自転車《じてんしゃ》にとびのると、大急《おおいそ》ぎで、クインビー家《け》へひきかえしました。ビーザスとラモーナは、玄関《げんかん》の段《だん》だんのところで、ヘンリーを待《ま》っていました。

「ヘンリー！」ビーザスは、箱《はこ》の頭《あたま》を見《み》ると、大声《おおごえ》をあげました。「あなた、もうハロウィンのお面《めん》つくったの？」

「ちがうよ。」ヘンリーは、そういうと、頭《あたま》をはずして、ラモーナのほうにさしだしました。

「ソルボみたいなロボットになりたくないかい？」

ヘンリーは、ラモーナが、自分《じぶん》の計画《けいかく》にのってくれるかどうか、息《いき》をつめて返事《へんじ》を

待《ま》ちました。
ラモーナは、うれしそうにわらいました。何《なに》がすきといって、ラモーナは、何《なに》かになることほど、すきなことはないのです。
ヘンリーは、ほっとして、その頭《あたま》を、ラモーナの肩《かた》の上《うえ》にのせました。
「さあ、いいかい」と、ヘンリーはいいました。「ロボットは、あまり速《はや》くは動《うご》けないんだよ。そいで、歩《ある》くときは、カックンカックンゆれるんだ。」

こうくぎをさしておけば、ラモーナに、あたし、新聞配達《しんぶんはいたつ》をするロボットになるの、なんていわれなくてすむ。

「カタン、カタン。」ラモーナは、からだをゆすって、段《だん》だんをおりながらこたえました。

「ロボットは、おなかを曲《ま》げられないんだよ。胴体《どうたい》はまっすぐだからね」と、ヘンリーはつけくわえました。

「カタン」と、ラモーナはこたえました。

ヘンリーとビーザスは、ほっとして、顔《かお》を見《み》あわせました。

これで、新聞《しんぶん》はだいじょうぶ。配達《はいたつ》もくびにならずにすむ。ヘンリーは、ビーザスが、自分《じぶん》のしたことに、すっかり感心《かんしん》しているのがわかりました。これを思《おも》いつくなんて、おれも、まんざらばかではないぞ、とヘンリーは、心《こころ》のうちで、思《おも》いました。

そりゃ、マーフのような天才《てんさい》じゃないかもしれない。けど、ばかっていうわけでもないさ。ある面《めん》じゃ、マーフより頭《あたま》がいい。自分《じぶん》が天才《てんさい》よりも頭《あたま》がいいという考《かんが》えに、ヘンリーは、すっかり気《き》をよくしました。

「ヘンリー、なんてすばらしい思《おも》いつきでしょう！」ビーザスは、心《こころ》からかんしゃしているふうでした。「これなら、追《お》いかけるのにずいぶん楽《らく》だわ。」

ヘンリーは、にやっとわらいました。そして、自転車《じてんしゃ》にまたがりながらいいました。

「じゃ、また。ぼく、配達《はいたつ》があるから。」

配達《はいたつ》があるから。ヘンリーは、このことばを、世界《せかい》じゅうに聞《き》こえるほどの大声《おおごえ》でさけびたい気《き》がしました。なぜって、とうとう、自分《じぶん》がやりたいと思《おも》ってたこと――何《なに》かやりがいのあることが、できるようになったのですから。それに、土曜《どよう》になれば、マーフといっしょに、電話線《でんわせん》をひく仕事《しごと》にかかるのです！

あのマーフのやつ！　いいやつだよな、あいつ。あいつが、近《ちか》くにこしてきてよかった。ヘンリーは、自《じ》分《ぶん》の生活《せいかつ》が、急《きゅう》に、おもしろいことでいっぱいになったような気《き》がしました。そこで、ただ、その音《おと》が聞《き》きたいばっかりに、道路《どうろ》わきの落《お》ち葉《ば》の山《やま》の中《なか》を、自転《じてん》車《しゃ》を走《はし》らせました。

「カタン、カタン!」と、ラモーナが、後《うし》ろからさけびました。

「カタン、カタン」と、ヘンリーもこたえました。

子《こ》どもにも、おとなにも

ゆかいなヘンリーくんシリーズは、全部《ぜんぶ》で十四冊《さつ》あります。アメリカの子《こ》どもたちに大《だい》人気《にんき》のこのシリーズを、日本の子《こ》どもたちにも紹介《しょうかい》したいと思《おも》い、第《だい》一巻《かん》の『がんばれヘンリーくん』を訳《やく》して、出版《しゅっぱん》したのが一九六八年《ねん》のことでした。その後《ご》、何年《なんねん》もかかって全巻《ぜんかん》を訳《やく》し終《お》わりましたが、二〇〇七年《ねん》から、シリーズ全体《ぜんたい》を、新《あたら》しい版型《はんけい》、新《あたら》しい装丁《そうてい》にして出《だ》すことになり、それを機会《きかい》に、訳文《やくぶん》を全面的《ぜんめんてき》に見直《みなお》しました。時代《じだい》の変化《へんか》によって、表現《ひょうげん》を新《あたら》しくしたほうがいい箇所《かしょ》や、最初《さいしょ》のときに見落《みお》としていたいくつかの間違《まちが》いにも気《き》づき、それらを訂正《ていせい》することができたのは、訳者《やくしゃ》としてはたいへんうれしいことでした。

それにしても、作業《さぎょう》をすすめながら改《あらた》めて感《かん》じ入《い》ったのは、よく書《か》けたお話《はなし》だなあ、ということでした。このお話《はなし》の人気《にんき》の秘密《ひみつ》——子《こ》どもたちにとっての魅力《みりょく》は、なんといっても作者《さくしゃ》が、心憎《こころにく》いほど自分《じぶん》たちの気持《きも》ちを代弁《だいべん》してくれていることだろうと思《おも》います。子《こ》どもならだれしも経験《けいけん》する「やりきれない」気持《きも》ちを、これほどよくわかってくれて、これほど単純《たんじゅん》で、平明《へいめい》なことばで表現《ひょうげん》してくれる作品《さくひん》は、そうたくさんあるものではありません。これは、平凡《へいぼん》な子《こ》どもの生活《せいかつ》を描《えが》いた非凡《ひぼん》な作品《さくひん》だと思《おも》います。

今回《こんかい》、とくにわたしの注意《ちゅうい》を引《ひ》いたのは、作中《さくちゅう》のおとなたちでした。このシリーズには、子《こ》どもだけでなく、おとなも大勢登場《おおぜいとうじょう》します。そして、そのおとなたちがみな、なかなかよく描《えが》けているのです。たとえば、本書《ほんしょ》『ヘンリーくんと新聞配達《しんぶんはいたつ》』に登場《とうじょう》する地区支配《ちくしはい》人《にん》のキャパーさん。ヘンリーが四匹《ひき》の子《こ》ネコをジャンパーのなかに入《い》れて、新聞配達《しんぶんはいたつ》をさせてくださいと頼《たの》みに行《い》ったときのエピソードは、もちろんヘンリーの目《め》から見《み》てもおかしいのですが、そのヘンリーを見《み》ているキャパーさんの目《め》から見《み》ると別《べつ》のおかしさがある。それを、うまく感《かん》じさせてくれる描《えが》き方《かた》です。

それに、アメリカならではということかもしれませんが、出《で》てくるおとなたちがユーモアのセンスに富《と》み、子《こ》どもたちへの接《せっ》し方《かた》にゆとりと温《あたた》かみがあるのも好《この》ましい限《かぎ》りです。このシリーズには、おとなの愛読者《あいどくしゃ》も大勢《おおぜい》いますが、それはこれらの作品《さくひん》が、子《こ》どもだけでなく、おとなにも味《あじ》わうべき多《おお》くのものをさしだしているからでしょう。

二〇一三年《ねん》十月《がつ》

松《まつ》岡《おか》享《きょう》子《こ》

■作者紹介　ベバリイ・クリアリー

一九一六年米国オレゴン州の小さないなか町に生まれ、六歳のときポートランドに移り、高校卒業までそこで過ごした。カリフォルニア大学を卒業後、さらにワシントン大学で図書館学を学び、一九四〇年に結婚するまで、ワシントンのヤキマで児童図書館員として働いた。結婚後も、第二次大戦中は陸軍病院の図書館で働くなど図書館員としての十分な経験をつんだ。

長い間子どもの本を扱ううち、クリアリーは、子どもの本について一つの不満をもつようになった。それは、子どもの本といえば、ふだんの子どもたちの生活からは程遠い世界を描いたものが多く、ふつうの子どもたちのことを描いた、ゆかいな物語が少ないということだった。そこで、現実の子どもの生活をありのままに描いた物語の必要を痛感し、児童図書館員として子どもに接した豊富な経験を生かして、子どもの本の創作の道にはいった。

第一作が、一九五〇年発表の「がんばれヘンリーくん」で、たちまち子どもたちの間でひっぱりだこになり、続いて、「ヘンリーくんとアバラー」「ヘンリーくんとビーザス」「ラモーナは豆台風」などを書いた。このヘンリーくんとラモーナの一連の物語、十四作品は約半世紀にわたって書きつづけられた。一九七五年にアメリカ図書館協会のローラ・インガルス・ワイルダー賞を、一九八〇年にカトリック図書館協会のレジーナ賞を受賞している。

■画家紹介　**ルイス・ダーリング**

一九一六年米国コネティカット州に生まれ、高校卒業後、ニューヨークに出て絵を学んだ。はじめ商業美術の方面に進んだが、さし絵画家の友人のピンチヒッターとして絵をかいたことがきっかけとなって、さし絵画家の道を歩むようになる。間もなく子どもの本のさし絵もかくようになり、それだけではあきたらず、自分でも本を書くようになった。生物学にも興味をもち、妻が動物学者であることから、自然科学関係の本も多く手がけている。主な作品に、「大きなたまご」（バタワース著）「科学を学ぼう」（レオナード著）のさし絵のほか、妻との共著の「カメ」（福音館書店）などがある。

■訳者紹介　**松岡享子**

一九三五年神戸に生まれ、神戸女学院大学英文科、慶應義塾大学図書館学科を卒業後、一九六一年に渡米。ウェスタンミシガン大学大学院で児童図書館学を学んだ後、ボルチモアの市立図書館に勤務。一九六三年帰国後、大阪市立中央図書館を経て、自宅で家庭文庫を開き、児童文学の翻訳、創作、研究を続ける。一九七四年に石井桃子氏らと公益財団法人東京子ども図書館を設立。現在、同館理事長。そのほか、一九九二、九四年に国際アンデルセン賞選考委員などを歴任する。「ラモーナとあたらしい家族」で二〇〇四年度国際児童図書評議会　ＩＢＢＹオナーリスト（優良作品　翻訳部門）に選ばれる。

創作に「なぞなぞのすきな女の子」「じゃんけんのすきな女の子」（学研）、「おふろだいすき」「くしゃみくしゃみ天のめぐみ」（福音館書店）、翻訳に「しろいうさぎとくろいうさぎ」「くまのパディントン」シリーズ（福音館書店）、「ゆかいなヘンリーくん」シリーズ（学研）など多数。

NDC933　Cleary, Beverly

ヘンリーくんと新聞配達

ベバリイ・クリアリー作　松岡享子訳

学研

248p　図　19cm

原題：HENRY AND THE PAPER ROUTE

ヘンリーくんと新聞配達

1970年1月20日　初版発行
2013年11月16日 改訂新版第1刷　　2015年4月10日 第2刷

作者／ベバリイ・クリアリー
画家／ルイス・ダーリング
訳者／松岡享子（まつおか　きょうこ）

表紙デザイン／山口はるみ

発行人／小袋朋子
編集人／小方桂子
編　集／寺村もと子
編集協力／今居美月
DTP／株式会社明昌堂
印刷所／中央精版印刷株式会社
発行所／株式会社学研教育出版
　　〒141-8413　東京都品川区西五反田2-11-8
発売元／株式会社学研マーケティング
　　〒141-8415　東京都品川区西五反田2-11-8

［お客様へ］☆ご購入・ご注文は、お近くの書店様へお願いいたします。
☆この本についてのご質問・ご要望は次のところへお願いいたします。
〔電話の場合〕編集内容に関することは、Tel 03-6431-1615（編集部直通）
在庫、不良品（乱丁・落丁等）に関することは、Tel 03-6431-1197（販売部直通）
〔文書の場合〕〒141-8418 東京都品川区西五反田2-11-8
学研お客様センター『ヘンリーくんと新聞配達』係
この本以外の学研商品に関するお問い合わせは、Tel 03-6431-1002（学研お客様センター）
〔お客様の個人情報取り扱いについて〕
本アンケートの個人情報の取り扱いに関するお問い合わせは、（株）学研教育出版　児童・ティーンズ事業部（Tel 03-6431-1615）までお願いいたします。当社の個人情報保護については、当社ホームページ http://gakken-ep.co.jp/privacypolicy/をご覧ください。